DU MÊME AUTEUR

Du monde entier

IAN McEWAN

L'INTÉRÊT
DE L'ENFANT

roman

Traduit de l'anglais
par France Camus-Pichon

GALLIMARD

À Ray Dolan

« Quand un tribunal se prononce sur une question relative à [...] l'éducation d'un mineur [...], l'intérêt de l'enfant doit être la priorité absolue de la cour. »

Article I (a), Children Act *(1989)*

1

Londres. Une semaine après la Pentecôte. Pluie implacable de juin. Fiona Maye, juge aux affaires familiales, un dimanche soir, chez elle, allongée sur une méridienne, regardant fixement, au-delà de ses pieds gainés par un collant, le fond de la pièce, un pan de la bibliothèque installée en retrait de la cheminée, et de l'autre côté, près d'une haute fenêtre, la minuscule lithographie de Renoir représentant une baigneuse, achetée trente ans plus tôt pour cinquante livres. Sans doute un faux. Dessous, au centre d'une table ronde en noyer, un vase bleu. Aucun souvenir des circonstances de son acquisition. Ni de la dernière fois où elle y a mis des fleurs. Pas de feu dans la cheminée depuis un an. Le tic-tac irrégulier des gouttes de pluie noirâtres tombant dans l'âtre sur des feuilles de papier journal jauni roulées en boule. Un tapis de Boukhara sur le parquet ciré à larges lames. En lisière de son champ de vision, un piano demi-queue avec plusieurs photos de famille à cadre d'argent posées sur sa laque d'un noir profond. Par terre, au pied de la méridienne et à portée de main, la copie d'un jugement. Et Fiona couchée sur le dos, rêvant de tout envoyer par dix mètres de fond.

Dans sa main droite, son deuxième scotch coupé d'eau. Elle était encore sous le choc, mal remise d'un moment difficile avec son mari. Elle buvait rarement, mais le Talisker à l'eau du robinet l'apaisait, et elle n'excluait pas de retraverser la pièce pour s'en servir un troisième. Moins de whisky, plus d'eau, car elle siégeait au tribunal le lendemain, et là elle était d'astreinte, à disposition en cas de requête urgente, alors même qu'elle essayait de récupérer. Il avait tenu des propos choquants et placé un fardeau insupportable sur ses épaules. Pour la première fois depuis des années, elle avait crié, et un vague écho résonnait encore à ses oreilles. « Quel con ! Quel pauvre con ! » Elle n'avait pas juré à voix haute depuis ses virées d'adolescente à Newcastle, même si un gros mot lui venait parfois à l'esprit lorsqu'elle entendait un témoignage complaisant ou un argument irrecevable.

Peu après, d'une voix enrouée par l'indignation, elle avait répété bien fort, au moins deux fois : « Comment *oses*-tu ! »

Pas vraiment une question, mais il avait répondu calmement. « J'en ai besoin. J'ai cinquante-neuf ans. C'est ma dernière cartouche. J'attends encore qu'on me prouve qu'il y a une vie après la mort. »

Remarque prétentieuse, à laquelle elle n'avait rien trouvé à répliquer. Elle s'était contentée de le dévisager, bouche bée, peut-être. Esprit d'escalier oblige, la réponse lui venait à présent, sur la méridienne. « Cinquante-neuf ans ? Mais tu en as *soixante*, Jack ! C'est pathétique, c'est banal. »

Au lieu de quoi elle avait dit, faute de mieux : « C'est complètement ridicule.

— Quand est-ce qu'on a fait l'amour pour la dernière fois, Fiona ? »

Quand ? Il lui avait déjà posé la question, sur un mode plaintif, voire implorant. Mais le passé récent, très encombré, vous échappe parfois. La chambre des affaires familiales regorgeait d'étranges particularismes, de recours spécifiques, de demi-vérités intimes, d'accusations exotiques. Et, comme dans toute juridiction, il fallait assimiler au pied levé des circonstances singulières et des enjeux subtils. La semaine précédente, elle avait entendu les requêtes de parents juifs en instance de divorce, qui ne partageaient pas la même orthodoxie religieuse et s'affrontaient sur l'éducation à donner à leurs filles. Un premier jet de son jugement attendait près d'elle sur le sol. Le lendemain comparaîtrait à nouveau devant elle une Anglaise désespérée, pâle et décharnée, universitaire, mère d'une fillette de cinq ans persuadée, malgré les promesses prononcées par le père devant la cour, que sa fille allait être soustraite à la justice par ce dernier, homme d'affaires marocain et musulman de stricte obédience, et commencer une nouvelle vie à Rabat où il comptait s'installer. Pour le reste, les différends habituels sur le lieu de résidence des enfants, le sort d'une maison, les pensions alimentaires, les revenus, les héritages. C'étaient les gens aisés qui se retrouvaient devant le juge aux affaires familiales. L'argent échouait souvent à faire le bonheur. Les parents maîtrisaient rapidement le vocabulaire juridique et la sophistication des procédures, et n'en revenaient pas de mener un combat si acharné contre celui ou celle qu'ils avaient aimé. Cependant qu'en coulisses, les enfants mentionnés par leur prénom dans le dossier, des petits Ben et des petites Sarah perplexes, se blottissaient les uns contre les autres tandis que les dieux au-dessus d'eux se livraient une guerre sans merci, de la médiation familiale au tribunal de grande instance, et jusqu'à la cour d'appel.

Tout ce malheur portait sur les mêmes thèmes, communs à l'humanité entière, mais il continuait de la fasciner. Elle croyait faire entendre la voix de la raison dans des situations sans espoir. Plus généralement, elle croyait aux dispositions du droit de la famille. Dans ses accès d'optimisme, elle voyait une preuve significative du progrès de la civilisation dans le fait que la loi plaçait l'intérêt de l'enfant au-dessus de celui de ses parents. Elle avait des journées bien remplies, et le soir, depuis peu, divers dîners, une réception au Middle Temple pour le départ en retraite d'un collègue, un concert à Kings Place (Schubert, Scriabine), le taxi ou le métro, le linge à récupérer au pressing, la rédaction d'une lettre à une école spécialisée pour le fils autiste de la femme de ménage, et, enfin, dormir. Où était la place de la sexualité ? À cet instant précis, impossible de s'en souvenir.

« Je ne tiens pas de comptabilité. »

Il avait levé les bras au ciel, conforté dans sa position.

Elle l'avait regardé traverser la pièce pour se servir un verre du Talisker qu'elle buvait à présent. Il lui paraissait plus grand, ces derniers temps, mieux dans sa peau. Alors qu'il lui tournait le dos, un mauvais pressentiment l'avait étreinte, la peur d'être rejetée, de subir l'humiliation d'être abandonnée pour une femme plus jeune, de rester sur le bord de la route, inutile et seule. Elle s'était demandé s'il ne valait pas mieux dire oui à tout ce qu'il voulait, puis s'était ravisée.

Il était revenu vers elle, son scotch à la main. Sans lui proposer un verre de sancerre comme souvent à la même heure.

« Qu'est-ce que tu veux, Jack ?

— Je vais avoir une liaison.

— Tu comptes demander le divorce ?

— Non. Je veux que rien ne change. Pas de trahison.

— Je ne comprends pas.

— Bien sûr que si. Ne m'as-tu pas dit un jour que les vieux couples aspiraient à des rapports fraternels ? On y est, Fiona. Je suis devenu ton frère. C'est confortable, attendrissant, et je t'aime, mais avant de mourir je veux vivre une grande aventure passionnée. »

Prenant à tort son hoquet pour un petit rire, pour une moquerie peut-être, il avait ajouté sèchement : « L'extase, à en perdre la tête ou presque. Ça ne te rappelle rien ? Je veux y goûter une dernière fois, même si toi tu n'en as pas envie. À moins que si ? »

Elle l'avait dévisagé avec incrédulité.

« Alors dans ce cas… »

C'était là qu'elle avait retrouvé sa voix pour le traiter de con. Elle maîtrisait parfaitement les règles de la bienséance. Qu'à sa connaissance il lui soit toujours resté fidèle rendait sa proposition d'autant plus choquante. S'il l'avait trompée dans le passé, bravo l'artiste ! Elle connaissait déjà le nom cette femme. Melanie. Pas si loin de celui d'un cancer de la peau incurable. Elle savait qu'elle ne se remettrait sans doute pas de la liaison de son mari avec cette statisticienne de vingt-huit ans.

« Si tu fais ça, c'en est fini de notre couple. Tout simplement.

— Une menace ?

— Une promesse solennelle. »

17

À ce stade, elle avait retrouvé son calme. Et tout paraissait simple, en effet. Le meilleur moment pour s'offrir une liberté mutuelle se situait avant le mariage, pas trente-cinq ans plus tard. Tout risquer pour connaître à nouveau un éphémère frisson de sensualité ! Lorsqu'elle tentait de s'imaginer en proie à semblables désirs – sa « dernière aventure » à elle serait sa première –, elle ne pensait qu'à la désorganisation, aux rendez-vous secrets, aux espoirs déçus, aux coups de fil intempestifs. À l'apprentissage délicat des exigences d'un nouveau partenaire, de nouveaux mots tendres, du mensonge. Pour finir, l'obligation de se séparer, le nécessaire effort de franchise et de sincérité. Et le fait qu'ensuite, rien ne serait plus comme avant. Non, elle préférait une existence imparfaite, comme l'était la sienne désormais.

Mais sur la méridienne, impossible d'ignorer la portée réelle de l'affront, l'acharnement de Jack à se faire plaisir au prix de son bonheur à elle. Sans états d'âme. Elle l'avait déjà vu arriver à ses fins au détriment d'autrui, pour une bonne cause la plupart du temps. Son attitude présente était une nouveauté. Qu'est-ce qui avait changé ? Il s'était redressé de toute sa hauteur pour se servir son whisky pur malt, bien campé sur ses deux pieds, marquant avec les doigts de sa main libre le rythme d'une mélodie qu'il fredonnait intérieurement, peut-être une chanson d'amour, mais qu'il ne partagerait pas avec elle. Qu'il puisse la blesser et s'en moquer : là était la nouveauté. Il s'était toujours montré bienveillant, loyal et bienveillant, or la bienveillance, comme la chambre des affaires familiales le prouvait quotidiennement, était un ingrédient humain essentiel. Fiona avait le pouvoir de retirer la garde d'un enfant à un parent malveillant, il lui arrivait de le faire. Mais se soustraire elle-même à la garde d'un mari malveillant ? Alors qu'elle était faible et en pleine détresse ? Où se trouvait le juge chargé de sa protection ?

Elle supportait mal l'apitoiement sur soi chez les autres et refusait d'y céder à présent. Elle préférait se servir un troisième scotch. Mais ne s'en versa qu'un doigt symbolique, avec beaucoup d'eau, et regagna sa méridienne. Oui, leur discussion était de celles qu'il aurait fallu prendre en note. Important d'en garder le souvenir, de bien mesurer la gravité de l'offense. Quand elle avait menacé de mettre fin à leur vie commune s'il s'obstinait, il s'était borné à se répéter, à lui redire qu'il l'aimait et l'aimerait toujours, qu'il n'y avait pas d'autre vie possible, que ses besoins sexuels inassouvis le rendaient malheureux, qu'une chance unique se présentait à lui, qu'il voulait la saisir sans rien lui cacher, et si possible avec son accord. Il l'informait par honnêteté. Il aurait pu tout faire « derrière son dos ». Le dos mince, impitoyable, de Fiona.

« Oh, avait-elle murmuré. C'est trop aimable, Jack.

— Eh bien, en fait… » Il n'avait pas terminé.

Sans doute s'apprêtait-il à lui dire que cette liaison était déjà consommée, et elle n'aurait pas supporté de l'entendre. Pas besoin de ça. Elle voyait d'ici la situation. Une jolie statisticienne travaillant sur la probabilité toujours plus faible que le mari retourne vers une épouse aigrie. Une matinée ensoleillée, une salle de bains inconnue, et Jack, encore décemment musclé, enlevant par la tête sa chemise en lin blanc à moitié déboutonnée d'un geste impatient bien à lui, pour la jeter vers le panier à linge sale où elle resterait accrochée par une manche avant de glisser à terre. La perdition. Elle aurait lieu, avec ou sans son consentement.

« La réponse est non. » Elle avait parlé avec l'intonation ascendante d'une institutrice inflexible. Et ajouté : « Qu'espérais-tu que je te dise d'autre ? »

En proie à un sentiment d'impuissance, elle voulait mettre fin à la conversation. Elle devait donner avant le lendemain son feu vert pour la publication d'un jugement dans *Family Law Reports*. Le sort des deux écolières juives était déjà réglé par la décision qu'elle avait rendue au tribunal, mais il fallait soigner le style et veiller au respect dû à la religion, pour se prémunir en cas d'appel. Dehors, la pluie estivale tambourinait contre les vitres ; plus loin, au-delà de Gray's Inn Square, des pneus crissaient sur la chaussée mouillée. Il allait l'abandonner et le monde continuerait de tourner.

Ses traits étaient crispés lorsqu'il avait haussé les épaules et tourné les talons pour quitter la pièce. À la vue de son dos qui s'éloignait, elle avait de nouveau été glacée par l'appréhension. Elle l'aurait bien rappelé, si elle n'avait pas redouté d'être ignorée. Et qu'aurait-elle pu dire ? *Prends-moi dans tes bras, embrasse-moi, offre-toi cette fille.* Elle avait entendu ses pas s'estomper dans le couloir, la porte de leur chambre à coucher se fermer sèchement, puis le silence s'installer dans leur appartement, le silence et la pluie qui ne cessait pas depuis un mois.

*

D'abord, les faits. Les deux parties appartenaient à la communauté ultraorthodoxe des haredim, du nord de Londres. Le mariage des Bernstein avait été arrangé par leurs parents, sans que rien n'ait laissé prévoir d'éventuelles dissensions. Arrangé, pas forcé, insistaient les deux parties, pour une fois d'accord. Treize ans plus tard, tout le monde – médiateur, assistante sociale et juge compris – s'accordait à reconnaître que la brouille semblait irréparable. Le couple était désormais séparé. Les parents avaient du mal à s'entendre sur l'éducation de leurs deux filles, Rachel et Nora, qui vivaient avec leur mère et voyaient fréquemment leur père. Cette mésentente était apparue dès les premières années. Depuis la naissance difficile de la cadette, la mère ne pouvait plus avoir d'enfants, à cause d'une lourde intervention chirurgicale. Le père, lui, avait toujours souhaité une famille nombreuse, d'où le douloureux délitement de la vie conjugale. Après une période de dépression (prolongée, selon le père ; brève, selon l'intéressée), la mère avait suivi des cours du soir, acquis une formation qualifiante et entamé une carrière d'enseignante du premier degré dès que la plus jeune des filles était allée à l'école. Cette organisation ne convenait pas au père ni aux nombreux proches. Chez les haredim, dont les traditions étaient inviolées depuis des siècles, les femmes avaient pour tâche d'élever les enfants – plus il y en avait, mieux c'était – et de s'occuper de la maison. Un diplôme universitaire et un emploi étaient pour le moins insolites. Un patriarche influent de la communauté, appelé à témoigner par le père, le confirma.

Les hommes non plus ne faisaient pas de longues études. Dès le milieu de leur adolescence, on attendait d'eux qu'ils consacrent l'essentiel de leur temps à l'apprentissage de la Torah. En général, ils n'allaient pas à l'université. En partie pour cette raison, les haredim avaient des revenus modestes. Mais pas les Bernstein, même si cela deviendrait le cas une fois les frais d'avocats réglés. Un aïeul, conjointement propriétaire du brevet d'exploitation d'un appareil à dénoyauter les olives, avait fait don d'une somme d'argent au couple. Les deux époux s'attendaient à dépenser tout ce qu'ils possédaient pour payer leurs avocates, toutes deux bien connues de la juge. En surface, le différend portait sur la scolarité de Rachel et de Nora. Mais au fond, le véritable enjeu était leur éducation dans sa globalité. C'était un combat pour le salut de leur âme.

Les garçons et les filles de la communauté haredi étaient scolarisés séparément pour préserver leur pureté. Les vêtements à la mode, la télévision et Internet leur étaient interdits, ainsi que la fréquentation d'enfants ayant accès à ces distractions. Ils n'avaient pas le droit de se rendre chez une famille n'observant pas strictement les règles casher. Chaque aspect du quotidien était gouverné par des coutumes bien établies. Le problème venait de la mère, qui s'éloignait de la communauté sans toutefois rompre avec le judaïsme. Bravant les objections du père, elle envoyait déjà ses filles dans un lycée juif mixte où la télévision, le rock, Internet et la fréquentation d'enfants non juifs étaient autorisés. Elle voulait que Rachel et Nora poursuivent leur scolarité après seize ans et aillent à l'université si elles le désiraient. Dans son témoignage écrit, elle disait souhaiter que ses filles en sachent davantage sur la façon dont les autres vivaient, qu'elles se montrent tolérantes en société, qu'elles aient les perspectives d'avenir qu'elle-même n'avait jamais connues, et qu'une fois adultes, elles soient financièrement indépendantes, avec la possibilité de rencontrer un mari assez qualifié pour subvenir aux besoins de sa famille. Contrairement au sien qui consacrait tout son temps à étudier et enseigner la Torah huit heures par semaine sans être payé.

Malgré la cohérence de son argumentation, le comportement de Judith Bernstein – pâle visage anguleux, cheveux roux frisottés et attachés avec une imposante barrette bleue – la desservait au tribunal. Flot ininterrompu de notes transmises à son avocate de ses doigts fébriles couverts de taches de rousseur, force soupirs muets, regards exaspérés et pincements de lèvres dès que l'avocate de son mari prenait la parole, recherches inopportunes et bruyantes dans un immense sac de cuir fauve dont elle sortit, lors d'un passage à vide au cours d'un après-midi interminable, un paquet de cigarettes et un briquet – des objets sûrement provocants aux yeux de son mari –, les disposant côte à côte, à portée de main pour le moment où l'audience serait levée. Fiona avait suivi ces opérations du haut de son estrade, tout en feignant de ne rien voir.

Le témoignage écrit de Mr Bernstein visait à convaincre la juge que son épouse était une femme égoïste qui avait « du mal à gérer son agressivité » (une accusation fréquente, et souvent réciproque, devant la chambre des affaires familiales), avait trahi le serment du mariage, s'était brouillée avec ses beaux-parents et sa communauté, isolant leurs filles de cette dernière et de leurs grands-parents. Au contraire, avait répliqué Judith à la barre, c'étaient ses beaux-parents qui refusaient de les voir, elle et les enfants, tant qu'elles n'auraient pas repris un mode de vie convenable, répudié le monde moderne, réseaux sociaux compris, et tant qu'elle-même ne tiendrait pas sa maison selon la tradition casher, au sens où eux l'entendaient.

Mr Julian Bernstein, à la silhouette aussi haute et frêle que l'un des roseaux qui abritaient Moïse nouveau-né, se penchait d'un air contrit sur les pièces du dossier, agitant ses papillotes avec mauvaise humeur tandis que son avocate accusait son épouse d'être incapable de distinguer ses propres besoins de ceux des enfants. Ce qu'elle présentait comme leur intérêt n'était autre que le sien propre. Elle arrachait ses filles à la chaleur d'une communauté rassurante et familière, disciplinée mais attentive, dont les règles et rituels permettaient de parer à toute éventualité, dont l'identité était clairement définie, les méthodes éprouvées depuis des générations, et les membres plus heureux et épanouis en général que ceux de la société de consommation du monde extérieur – un monde qui se moquait de la vie spirituelle, et dont la culture de masse avilissait les jeunes filles et les femmes. L'épouse de Mr Bernstein poursuivait des ambitions futiles, se conduisait de manière irrespectueuse, voire destructrice. Elle aimait beaucoup moins ses enfants qu'elle ne s'aimait elle-même.

Ce à quoi Judith Bernstein répondait d'une voix rauque que rien n'avilissait plus un individu, garçon ou fille, que de lui refuser une bonne éducation et la dignité d'un véritable emploi ; que pendant toute son enfance et son adolescence, on lui avait seriné que son seul but dans l'existence était de bien tenir la maison de son mari et de s'occuper des enfants qu'il lui donnerait – et que c'était une négation dégradante de son droit à se fixer elle-même un but dans l'existence. Du temps où elle suivait, à grand-peine, ses cours du soir, elle avait essuyé des railleries, du mépris et des anathèmes. Elle s'était promis que ses filles ne subiraient pas les mêmes entraves.

Aux termes d'un accord tactique (la juge étant visiblement du même avis), les avocates des deux parties avaient admis qu'il ne s'agissait pas seulement d'un problème d'éducation. La cour devait choisir, dans l'intérêt des enfants, entre l'intégrisme religieux et quelque chose d'un peu plus souple. Entre des cultures, des identités, des états d'esprit, des aspirations, des familles rivales, des concepts fondamentaux, des loyautés viscérales, des avenirs incertains.

Sur ces sujets, il existait une prédisposition innée en faveur du statu quo, dès lors qu'il paraissait bénéfique. Le brouillon du jugement de Fiona était long de vingt et une pages, disposées en éventail sur le sol, attendant qu'elle les prenne une à une pour les annoter au crayon.

Aucun bruit en provenance de la chambre, rien que le susurrement de la circulation sous la pluie. Elle s'en voulait de tendre ainsi l'oreille, retenant son souffle, à l'affût du grincement d'une porte ou d'une lame de parquet. Le guettant et le redoutant à la fois.

Dans la profession, on louait la juge Fiona Maye, même en son absence, pour la concision de sa prose mi-ironique mi-compatissante, et pour l'économie de moyens avec laquelle elle exposait un différend. On avait entendu le président du tribunal de grande instance en personne faire observer à son sujet, dans un aparté à voix basse lors d'un déjeuner :

« Divinement hautaine, diaboliquement intelligente, et encore belle. » De son propre point de vue, année après année elle tendait un peu plus vers une précision que d'aucuns auraient qualifiée de pédanterie, vers des formulations indiscutables qui puissent un jour être citées couramment, comme celles de Hoffmann dans l'affaire Piglowska contre Piglowski, de Bingham, de Ward ou de l'indispensable Scarman, tous convoqués ici. C'est-à-dire sur cette première page non relue qui pendait mollement entre ses doigts. Sa vie était-elle sur le point de basculer ? Des amis bien informés murmureraient-ils bientôt avec effroi, au cours d'un déjeuner ici même à Gray's Inn, ou à Lincoln's Inn, ou encore dans les salles de l'Inner ou du Middle Temple : *Et ensuite elle l'a jeté dehors ?* Hors de ce ravissant appartement de Gray's Inn où elle resterait seule, jusqu'à ce que le loyer ou le poids des ans, enflant comme la Tamise morose sous l'effet de la marée, finisse par la chasser à son tour ?

Retour aux affaires sérieuses. Première partie : « Environnement familial ». Après les observations habituelles sur l'organisation de la vie de famille, le lieu de résidence des enfants et leurs contacts avec leur père, elle décrivait dans le paragraphe suivant la communauté haredi, au sein de laquelle la pratique religieuse constituait un mode de vie à part entière. La distinction entre ce qui appartenait à César et ce qui appartenait à Dieu n'avait aucun sens, comme c'était souvent le cas chez les musulmans pratiquants. Son crayon hésita. Mettre juifs et musulmans dans le même sac, cela risquait-il de sembler inutile ou provocant, du moins pour le père ? Seulement s'il déraisonnait, ce qu'elle ne croyait pas. Maintenu.

Sa deuxième partie s'intitulait : « Divergences morales ».
On demandait à la cour de se prononcer sur l'éducation de
deux jeunes filles, de choisir entre deux systèmes de valeurs.
Et dans une affaire comme celle-ci, invoquer ce qui était
en général acceptable aux yeux de la société ne servait pas à
grand-chose. C'était là qu'elle citait Lord Hoffmann : « Il
s'agit de jugements de valeur, sur lesquels des gens raisonnables peuvent se trouver en désaccord. Puisque les magistrats sont aussi des gens comme les autres, cela signifie
qu'une certaine diversité dans leur appréciation de ces
valeurs est inévitable... »

Sur cette page, obéissant à son goût croissant pour les
digressions patientes, pointilleuses, Fiona consacrait plusieurs centaines de mots à une définition de l'intérêt de
l'enfant, puis à une analyse des critères auxquels il pouvait
répondre. Elle admettait avec Lord Hailsham que cette
notion était indissociable de celle de bien-être, et recouvrait tout ce qui touchait au développement de l'enfant en
tant que personne. Elle renvoyait à Tom Bingham, concé-
dant qu'elle était obligée d'adopter une vision à moyen et à
long terme, et notant qu'un enfant de notre époque pouvait très bien vivre jusqu'au XXIIe siècle. Elle citait un jugement rendu en 1893 par le juge Linley, pour rappeler que
l'intérêt de l'enfant ne se mesurait pas en termes purement
financiers, et ne se résumait pas au confort matériel. Elle
l'envisagerait donc d'un point de vue le plus large possible.
L'intérêt de l'enfant, son bonheur, son bien-être devaient
se conformer au concept philosophique de la vie bonne.
Elle énumérait quelques ingrédients pertinents, quelques
buts vers lesquels l'enfant pouvait tendre en grandissant.

L'indépendance intellectuelle et financière, l'intégrité, la compassion et l'altruisme, un travail gratifiant par le degré d'implication requis, un vaste réseau d'amitiés, l'obtention de l'estime d'autrui, les efforts pour donner un sens à son existence, et la présence au centre de celle-ci d'une relation significative, ou d'un petit nombre d'entre elles, reposant avant tout sur l'amour.

Certes, elle-même était en train d'échouer sur ce dernier point. Le scotch coupé d'eau dans le verre à côté d'elle était intact, la vue de son jaune pisseux et son odeur envahissante de bouchon la dégoûtaient soudain. Elle aurait dû être plus en colère, se confier à une vieille amie – elle en avait plusieurs –, elle aurait dû faire irruption dans la chambre en exigeant d'en savoir plus. Or elle se sentait réduite à un point géométrique de détermination angoissée. Il fallait que son jugement soit prêt le lendemain pour l'impression, il fallait qu'elle travaille. Sa vie privée ne comptait pas. Ou n'aurait pas dû compter. Son attention restait divisée entre la page qu'elle avait à la main et la porte close de la chambre, à une quinzaine de mètres de là. Elle se força à lire un long paragraphe, sur lequel elle avait eu des doutes en l'énonçant à voix haute au tribunal. Mais la formulation brutale d'une évidence ne faisait pas de mal. Le bien-être tenait à la *convivialité*. Le réseau complexe des relations d'un enfant avec sa famille, avec ses amis, constituait l'ingrédient essentiel. Aucun enfant n'est une île. L'homme est un animal social, selon la célèbre proposition d'Aristote. En quatre cents mots sur ce thème, elle avait pris la mer, avec des références bien choisies

(Adam Smith, John Stuart Mill) pour gonfler ses voiles. Le genre d'envolée civilisée dont tout bon jugement a besoin.

Ensuite, le bien-être était un concept en *mutation*, qu'il fallait évaluer avec les critères de l'honnête homme – ou femme – d'aujourd'hui. Ce qui suffisait une génération auparavant pouvait désormais se révéler inadéquat. Et, là encore, ce n'était pas à un tribunal civil de trancher entre des croyances religieuses ou des divergences théologiques. Toutes les religions méritaient le respect dès lors qu'elles se révélaient, pour citer le juge Purchas, « juridiquement et socialement acceptables », et non pas, selon la formule plus sombre du juge Scarman, « immorales ou socialement nuisibles ».

Les tribunaux ne devraient pas s'empresser d'intervenir, dans l'intérêt de l'enfant, contre les principes religieux des parents. Parfois il le fallait. Mais quand ? En guise de réponse, elle invoquait l'un de ses auteurs préférés, le sage juge Munby de la cour d'appel. « La variété infinie de la condition humaine prévient les définitions arbitraires. » L'admirable touche shakespearienne. *L'accoutumance ne saurait émousser sa variété infinie.* Ces mots lui firent perdre le fil. Elle connaissait par cœur la tirade d'Enobarbus dans *Antoine et Cléopâtre*, ayant joué le rôle pendant ses études de droit, une mise en scène à la distribution exclusivement féminine, sur la pelouse de Lincoln's Inn Fields par un après-midi d'été ensoleillé. Alors que son dos fatigué était depuis peu soulagé du fardeau de l'examen d'entrée à l'école du barreau. À la même époque, Jack était tombé amoureux d'elle, et, peu après, elle de lui. Leurs premiers ébats avaient eu lieu dans une chambre mansardée qu'on leur prêtait, transformée en fournaise sous les toits par le soleil de l'après-midi. Un œil-de-bœuf, impossible à ouvrir, donnait vers l'est sur une portion de Tamise proche du bassin de Londres.

Elle pensa à la maîtresse de Jack, actuelle ou à venir, sa statisticienne, Melanie – elle l'avait rencontrée une fois –, une jeune femme muette avec un lourd collier d'ambre et le genre de talons aiguilles capables de saccager un vénérable parquet de chêne. *Les autres femmes épuisent les appétits qu'elles rassasient / Mais elle a le don d'affamer là où elle satisfait.* Il pouvait s'agir exactement de cela, d'une obsession vénéneuse, d'une addiction qui l'entraînait hors de chez lui, l'amenait à toutes les contorsions, dévorait ce qu'ils avaient de passé et d'avenir, ainsi que de présent. À moins que Melanie, comme Fiona elle-même, à l'évidence, ne fasse partie de ces « autres femmes », celles qui épuisent, et il reviendrait au bout de quinze jours, rassasié, projetant des vacances en famille.

Insupportable, dans un cas comme dans l'autre.

Insupportable et fascinant. Et déplacé. Elle se força à retourner à ses pages, à son résumé des preuves apportées par les deux parties – efficace, avec juste ce qu'il fallait de compassion. Ensuite, son compte-rendu du rapport de l'assistante sociale désignée par le tribunal. Une jeune femme replète, bien intentionnée, souvent hors d'haleine, les cheveux en bataille, le chemisier déboutonné, sortant du pantalon. Imprévisible, deux fois en retard à l'audience, à cause de problèmes compliqués de clés de voiture, de documents enfermés dans la voiture en question et d'enfant à aller chercher à l'école. Mais, au lieu des tergiversations habituelles, destinées à ménager les deux parties, le rapport de la représentante des services sociaux était judicieux, incisif même, et Fiona la cita d'un ton approbateur. Ensuite ?

Elle leva les yeux et vit, à l'autre bout de la pièce, son mari se servir un autre scotch bien tassé, trois doigts, voire quatre. Il était pieds nus à présent, comme souvent chez eux l'été, en bon universitaire bohème. D'où son entrée silencieuse. Il avait dû rester allongé sur le lit, contemplant pendant une demi-heure les moulures sophistiquées du plafond, méditant sur l'irresponsabilité de Fiona. La façon dont il contractait les épaules, dont il referma le bouchon doseur – d'un coup sec de la base du pouce – laissait penser qu'il était paré pour une dispute. Elle connaissait les signes avant-coureurs.

Il se retourna et vint vers elle avec son whisky sec. Rachel et Nora, les jeunes filles juives, allaient devoir attendre derrière elle en battant des ailes comme les anges de la religion chrétienne. Leur déesse laïque avait ses propres problèmes. Sa position au ras du sol lui offrait une assez bonne vue sur les ongles de pied de Jack – coupés avec soin, demi-lunes à l'éclat juvénile, sans ces stries qu'une mycose avait tracées sur les siens. Il se maintenait en forme grâce au tennis avec ses collègues et à une série d'haltères dans son bureau, qu'il s'efforçait de soulever cent fois par jour. Elle-même se bornait plus ou moins à traverser, avec son cartable plein de dossiers, le palais de justice jusqu'à sa salle d'audience, et à prendre l'escalier plutôt que l'ascenseur. Jack avait une beauté rebelle, une mâchoire carrée légèrement de travers, un sourire carnassier qui séduisait ses étudiantes, lesquelles ne s'attendaient pas à cette expression canaille chez un professeur d'histoire de l'Antiquité. Elle ne l'avait jamais cru capable de toucher à ces jeunes filles. Désormais, tout semblait différent. Malgré une vie passée à frayer avec les faiblesses humaines, peut-être demeurait-elle une innocente, les exemptant bêtement, elle et Jack, de la condition de leurs semblables. Son seul livre destiné à des lecteurs non universitaires, une biographie alerte de Jules César, lui avait brièvement valu une quasi-célébrité discrète, respectable. Quelque petite étudiante délurée de deuxième année avait pu se mettre irrésistiblement en travers de sa route. Il y avait – ou il y avait eu – un canapé dans son bureau. Ainsi qu'une pancarte « Ne pas déranger » prise à l'hôtel de Crillon à la fin de leur lune de miel, si longtemps auparavant. Ces pensées étaient nouvelles, voilà comment le virus du soupçon infectait le passé.

Il s'assit dans le fauteuil le plus proche. « Tu n'as pas pu répondre à ma question, alors je vais le faire. Ça fait sept semaines et un jour. Honnêtement, ça te satisfait ? »

Avec calme, elle demanda : « Tu as déjà entamé cette liaison ? »

Il savait que la meilleure réponse à une question délicate était une autre question : « Tu nous trouves trop vieux ? C'est ça ? »

Elle ajouta : « Parce que si tu en es là, je préférerais que tu fasses tes bagages et que tu t'en ailles. »

Un coup porté à elle-même, sans préméditation, sa tour contre le cavalier de Jack, de la folie furieuse, et pas moyen de revenir en arrière. S'il restait, l'humiliation ; s'il partait, l'abîme.

Il se cala dans son fauteuil, un siège en bois et cuir clouté, évocateur de tortures moyenâgeuses. Elle n'avait jamais aimé le gothique victorien, et à ce moment précis moins que jamais. Il croisa les jambes, la cheville sur le genou opposé, la tête inclinée pour dévisager Fiona avec indulgence ou commisération, et elle détourna le regard. Sept semaines et un jour, cela aussi avait quelque chose de moyenâgeux, telle une sentence prononcée par une très ancienne cour d'assises. La pensée qu'elle pouvait se retrouver sur la sellette la troublait. Ils avaient eu des années durant une vie sexuelle décente, régulière et d'une vigueur sans complication, tôt le matin pendant la semaine, avant que les soucis de leur journée de travail ne traversent avec le soleil les lourds rideaux de la chambre à coucher. L'après-midi pendant le week-end, parfois après le tennis, un double mondain à Mecklenburgh Square. Où l'on fermait les yeux sur les fautes de son partenaire. Une vie amoureuse profondément satisfaisante, en somme, fonctionnelle en ce qu'elle les ramenait doucement au reste de leur existence, et n'appelant aucune discussion, ce qui en était l'une des joies. Sans même le vocabulaire pour en parler – raison pour laquelle entendre Jack aborder le sujet la peinait, pour laquelle aussi elle avait à peine remarqué le lent déclin de l'ardeur et de la fréquence.

Or elle l'avait toujours aimé, s'était toujours montrée tendre, loyale, attentive, et, l'année précédente encore, avait été aux petits soins pour lui quand il s'était cassé la jambe et le poignet à Méribel pendant une course ridicule de ski alpin avec d'anciens camarades de classe. Elle lui avait fait l'amour, le chevauchant, elle s'en souvenait à présent, tandis qu'il gisait avec un large sourire dans toute la splendeur crayeuse de ses plâtres. Elle ne savait comment rappeler ces détails pour sa défense et, en outre, ce n'était pas sur ce terrain qu'il l'attaquait. Elle ne manquait pas de dévouement, mais de passion.

Et puis il y avait l'âge. Pas le flétrissement total, pas encore, mais sa promesse transparaissait, de même que, sous un certain jour, on peut entrevoir l'adulte sur le visage d'un enfant de dix ans. Si Jack, affalé en face d'elle, lui semblait absurde lors de cette conversation, la réciproque devait être encore plus vraie. Les boucles de la toison blanche sur son torse, dont il restait si fier, ne dépassaient du premier bouton de sa chemise que pour rappeler qu'elle n'était plus noire ; le haut de son crâne ressemblant de plus en plus à une tonsure de moine, il s'était laissé pousser les cheveux, compensation peu convaincante ; des jambes moins musclées qui flottaient un peu dans son jean, des yeux au regard doucement annonciateur des absences à venir, des joues pareillement vidées de leur substance. Mais que dire, alors, de ses chevilles à elle, qui épaississaient de leur côté comme par coquetterie, de son postérieur qui enflait tel un cumulus en été, de sa taille qui s'enrobait à mesure que ses gencives se rétractaient ? Le tout seulement de quelques millimètres paranoïdes. Bien pire, l'insulte réservée à certaines femmes au fil des ans, tandis que les commissures de leurs lèvres entamaient leur descente vers un air de réprobation permanente. Parfait chez une magistrate emperruquée faisant les gros yeux à un avocat du haut de son trône. Mais chez une amante ?

Ils étaient donc là, pareils à deux adolescents, prêts à débattre de leur relation au nom d'Éros.

Avec un grand sens tactique, il ignora son ultimatum. Il dit : « Je ne crois pas qu'il faille jeter l'éponge, et toi ?

34

— C'est toi qui t'en vas.

— Je pense que tu as ta part de responsabilité.

— Ce n'est pas moi qui suis sur le point de démolir notre couple.

— C'est ta version. »

Il avait parlé posément, projetant ces trois mots dans le gouffre de ses doutes, les ajustant à sa tendance, dans tout conflit aussi gênant que celui-ci, à se donner tort.

Il but avec précaution une gorgée de whisky. Il ne comptait pas se soûler pour réaffirmer ses besoins. Il serait solennel et rationnel, alors qu'elle l'aurait préféré dans l'erreur et vociférant.

Il soutint son regard. « Tu sais que je t'aime.

— Mais tu as envie de quelqu'un de plus jeune.

— J'ai envie d'avoir une vie sexuelle. »

À elle de faire des promesses chaleureuses, de le ramener vers elle, de s'excuser d'avoir été débordée, fatiguée ou indisponible. Mais elle baissa les yeux sans rien dire. Elle n'allait pas s'engager sous la contrainte à ressusciter une sensualité pour laquelle elle n'avait à ce moment-là aucun goût. Surtout alors qu'elle soupçonnait cette liaison d'avoir déjà commencé. Il n'avait pas pris la peine de nier, et elle n'avait pas l'intention de reposer la question. Ce n'était pas seulement par orgueil. Elle redoutait encore sa réponse.

« Bon, reprit-il après ce long silence. Tu n'en aurais pas envie à ma place?

— Pas avec un pistolet braqué sur la tempe.

— Ce qui signifie?

— Ou je me secoue, ou tu t'adresses à Melanie. »

Elle supposa qu'il avait bien compris son point de vue, mais voulait l'entendre prononcer le prénom de cette femme, qu'elle n'avait encore jamais mentionné à voix haute. Cela déclencha un frémissement ou une contraction sur le visage de Jack, une sorte de tic nerveux sous l'effet de l'excitation. À moins qu'il ne s'agisse de la nudité de la formulation, du verbe « s'adresser à ». L'avait-elle déjà perdu ? Elle eut soudain la tête qui tournait, comme si sa tension artérielle avait plongé, puis remonté. Elle se redressa sur la méridienne, et posa sur le sol la page de son jugement qu'elle avait encore à la main.

« Ce n'est pas ainsi que les choses se présentent, dit-il. Écoute, inversons les rôles. Imagine que tu sois à ma place et moi à la tienne. Qu'est-ce que tu ferais ?

— Je n'irais pas me chercher un homme avant d'entamer des négociations avec toi.

— Alors tu ferais quoi ?

— Je tâcherais de découvrir ce qui te perturbe. » Elle trouva sa propre voix très collet monté.

Il leva les mains vers elle d'un geste théâtral. « Très bien ! » La méthode socratique, qu'il employait sans doute avec ses étudiants. « Alors qu'est-ce qui te perturbe ? »

Malgré toute la bêtise et la malhonnêteté de cet échange, c'était la seule question qui vaille et elle l'avait provoquée, mais il l'agaçait, elle se sentait prise de haut et ne répondit pas aussitôt, préférant regarder, au fond de la pièce derrière lui, le piano dont elle avait à peine joué depuis deux semaines, et les photos à cadre d'argent auxquelles il servait de support, dans le style des grandes maisons de campagne. Leurs parents à tous deux, du jour de leur mariage à leur grand âge, les trois sœurs de Jack, ses deux frères à elle, leurs maris et leurs épouses, anciens et actuels (perfidement, ils n'avaient éliminé personne), onze neveux et nièces, puis les treize enfants mis au monde par ces derniers. La vie qui s'accélérait pour peupler un petit village rassemblé sur un demi-queue. Jack et elle n'y étaient pour rien, au-delà des réunions de famille, des cadeaux d'anniversaire quasi hebdomadaires, des vacances regroupant plusieurs générations dans des châteaux loués à un prix raisonnable. Et ils recevaient beaucoup de leurs proches dans leur appartement. Au bout du couloir se trouvait un dressing rempli d'un lit pliant pour bébé, d'une chaise haute, d'un parc et de trois paniers d'osier contenant des jouets mâchouillés aux tons passés, en prévision du prochain arrivant. Le château de cet été-là, à une quinzaine de kilomètres au nord d'Ullapool, attendait leur décision. Des douves, disait la brochure mal imprimée, un pont-levis en état de marche, des oubliettes avec des crochets et des anneaux scellés dans le mur. Les tortures d'antan faisaient la joie des moins de douze ans. Elle repensa à la sentence moyenâgeuse, sept semaines et un jour, période qui avait commencé alors que l'affaire des frères siamois touchait à sa fin.

Toute l'horreur et la désolation, et le dilemme en lui-même, étaient présents sur la photo, montrée à la juge et à personne d'autre. Les bébés, fils d'une mère écossaise et d'un père jamaïcain, gisaient au milieu d'un enchevêtrement de respirateurs artificiels dans une unité pédiatrique de soins intensifs, rattachés l'un à l'autre par le pelvis et partageant un torse unique, les jambes à angle droit de leur colonne vertébrale, ce qui les faisait ressembler à une étoile de mer avec trop de pointes. Une toise fixée le long de la couveuse indiquait que cet assemblage sans défense, par trop humain, mesurait soixante centimètres. Les moelles épinières des nourrissons et leurs vertèbres lombaires étaient soudées, leurs yeux fermés, leurs quatre bras en l'air comme pour s'en remettre à la décision de la cour. Leurs prénoms d'apôtres, Matthew et Mark, n'avaient pas éclairé la lanterne de certains. Matthew était hydrocéphale, ses oreilles de simples replis de peau rosée. Sous son bonnet de nouveau-né, la tête de Mark semblait normale. Ils n'avaient qu'un organe en commun, leur vessie, qui se trouvait principalement dans le ventre de Mark, et, d'après les notes d'un interne, « se vidait spontanément et librement grâce à deux urètres distincts. » Le cœur de Matthew était trop gros et « se contractait à peine ». L'aorte de Mark donnait dans celle de Matthew, et c'était le cœur de Mark qui les irriguait toutes les deux. Matthew avait le cerveau gravement déformé, rendant impossible un développement normal, sa cage thoracique ne possédait pas assez d'alvéoles pulmonaires. Selon les mots d'une infirmière, il n'avait « pas de poumons pour pleurer ».

Mark tétait normalement, s'alimentant et respirant pour deux, faisant « tout le travail », d'où sa maigreur anormale. Matthew, condamné à l'oisiveté, grossissait. Livré à lui-même, le cœur de Mark lâcherait tôt ou tard, et les deux frères mourraient fatalement. Matthew avait peu de chances de vivre plus de six mois. Il entraînerait son frère dans la mort avec lui. Un hôpital londonien cherchait à obtenir d'urgence l'autorisation de séparer les deux frères pour sauver Mark, qui avait la possibilité de devenir un enfant normal, en bonne santé. À cet effet, les chirurgiens devraient clamper puis sectionner l'aorte commune, tuant Matthew. Et ensuite pratiquer sur Mark une série d'interventions complexes de chirurgie réparatrice. Les parents dévoués, des catholiques pratiquants qui habitaient un village côtier du nord de la Jamaïque, inébranlables dans leur foi, refusaient de cautionner un meurtre. Dieu donnait la vie, Dieu seul pouvait la retirer.

Pour partie, elle gardait le souvenir d'un affreux vacarme prolongé qui avait troublé sa concentration, mille sirènes de voiture, mille sorcières en furie, et donné une réalité à un cliché : le déchaînement médiatique. Médecins, prêtres, animateurs de radio et de télévision, éditorialistes, collègues, connaissances, chauffeurs de taxi, la nation entière avait une idée sur la question. Les ingrédients de l'histoire étaient fascinants : deux bébés au sort tragique, des parents généreux, éloquents et solennels, et s'aimant l'un l'autre autant qu'ils aimaient leurs enfants, la vie, l'amour, la mort, et une course contre la montre. Des chirurgiens derrière leur masque stérile face à des croyances surnaturelles. Quant à l'éventail des prises de position, à une extrémité se trouvaient les pragmatiques et les laïcs, agacés par les arguties juridiques, et pour qui, par bonheur, l'équation morale était simple : un enfant sauvé valait mieux que deux enfants morts. À l'autre extrémité, ceux qui affirmaient non seulement tout savoir de l'existence de Dieu, mais aussi tout comprendre de sa volonté. Citant le juge Ward, Fiona rappelait aux deux parties, dès les premières lignes de son jugement : « Cette cour est une cour de justice, non un comité d'éthique, et nous avons donc pour devoir d'appliquer les textes de loi pertinents à la situation qui nous est présentée – une situation unique en son genre. »

Dans ce terrible combat, il n'y avait qu'une seule issue souhaitable, ou moins redoutable, mais la voie légale pour y parvenir était ardue. Pressée par le temps, par le monde extérieur qui attendait à grand bruit, elle avait découvert, en une semaine et treize mille mots à peine, un itinéraire plausible. Du moins la cour d'appel, soumise à un délai encore plus bref le lendemain du jour où Fiona avait rendu son jugement, semblait-elle suggérer que c'était le cas. Impossible, toutefois, de laisser planer l'hypothèse qu'une vie aurait plus de valeur qu'une autre. Séparer les frères siamois équivaudrait à tuer Matthew. Ne pas les séparer les tuerait par défaut tous les deux. La marge de manœuvre juridique et morale paraissait étroite, et l'enjeu était de choisir le moindre mal. Néanmoins, la juge avait dû tenir compte de l'intérêt de Matthew. Pas la mort, de toute évidence. Mais la vie n'était pas non plus une option. Il avait un cerveau rudimentaire, pas de poumons, un cœur inutilisable, était sans doute en grande souffrance et condamné à mourir à brève échéance.

Fiona avait fait valoir, argument novateur accepté par la cour d'appel, que l'intérêt de Matthew, contrairement à celui de son frère, n'existait pas.

Mais si le moindre mal était préférable, il pouvait malgré tout se révéler illégal. Comment justifier un meurtre, l'incision pratiquée sur le corps de Matthew pour sectionner l'aorte ? Fiona avait rejeté la thèse, que l'avocat de l'hôpital l'incitait à défendre, selon laquelle séparer les deux frères équivaudrait à débrancher le respirateur artificiel de Matthew, en l'occurrence Mark. L'intervention était trop lourde, elle violait trop l'intégrité physique de Matthew, pour être assimilée à une interruption de la réanimation. À la place, Fiona avait trouvé son argument dans la « doctrine de la nécessité », issue du droit coutumier et d'après laquelle, en des circonstances exceptionnelles qu'aucun parlement ne se soucierait jamais de définir, il était permis d'enfreindre le Code pénal pour éviter le pire. Elle avait cité une affaire où plusieurs hommes avaient détourné un avion vers Londres, terrorisé les passagers, puis été totalement innocentés car ils avaient agi pour échapper à des persécutions dans leur pays d'origine.

Concernant la question primordiale de l'intention de nuire, cette intervention chirurgicale n'avait pas pour but de tuer Matthew, mais de sauver Mark. Malgré sa faiblesse, Matthew était en train de tuer Mark, et il fallait autoriser les médecins à porter assistance à Mark pour le soustraire à un danger mortel. Au terme de la séparation, Matthew périrait, non pas à la suite d'un infanticide volontaire, mais parce que seul, il était incapable de survivre.

La cour d'appel avait donné son accord, les parents avaient été déboutés, et deux jours plus tard, à sept heures du matin, les frères siamois entraient au bloc opératoire.

Ceux de ses collègues que Fiona estimait le plus étaient venus lui serrer la main, ou lui avaient adressé le genre de lettres qui méritent d'être conservées précieusement. De l'avis des initiés, son jugement était élégant et juste. La chirurgie réparatrice pratiquée sur Mark fut une réussite, l'intérêt manifesté par l'opinion publique déclina. Mais

Fiona n'était pas satisfaite, n'arrivait pas à se dessaisir de l'affaire, restait éveillée de longues heures chaque nuit à passer en revue tous les détails, à reformuler certains passages de son jugement, à choisir une approche différente. Ou bien à ressasser des thèmes familiers, parmi lesquels sa propre enfance. Au même moment avaient commencé à arriver, dans de petites enveloppes aux tons pastel, les pensées vénéneuses des intégristes religieux. Convaincus qu'il aurait fallu laisser les deux enfants mourir, ils étaient mécontents de sa décision. Certains recouraient à l'insulte, d'autres à des menaces sur son intégrité physique. Parmi ces derniers, quelques-uns prétendaient connaître l'adresse de son domicile.

Ces semaines intenses avaient laissé sur elle des traces qui venaient seulement de s'effacer. Qu'est-ce qui l'avait perturbée, au juste ? La question de son mari était également la sienne, et à présent il attendait une réponse. Avant l'audience, elle avait reçu une requête de l'archevêque catholique de Westminster. Dans un paragraphe de son jugement, elle rapportait scrupuleusement le fait que l'archevêque préférait voir Mark mourir avec Matthew, pour ne pas entraver la volonté de Dieu. Que des hommes d'Église veuillent annihiler la possibilité d'une vie prometteuse au nom de l'orthodoxie théologique ne l'étonnait ni ne la préoccupait. La justice connaissait des problèmes similaires quand elle autorisait les médecins à laisser mourir d'asphyxie, de déshydratation et de faim certains patients dans un état désespéré, tout en leur refusant le soulagement immédiat d'une injection létale.

La nuit, ses pensées la ramenaient à la première photo des frères siamois, à la douzaine d'autres qu'elle avait examinées, et aux détails techniques donnés par les chirurgiens spécialistes sur toutes les anomalies que présentaient les deux frères, sur les ablations, les incisions, les sutures et les greffes de chair infantile qu'ils devraient pratiquer pour offrir à Mark une vie normale, reconstruire ses organes internes, permettre à ses jambes, à ses parties génitales et à ses intestins d'opérer une rotation de quatre-vingt-dix degrés. Dans l'obscurité de la chambre à coucher, tandis que Jack ronflait doucement près d'elle, il lui semblait scruter l'abîme du haut d'une falaise. Elle voyait sur les photos de Matthew et de Mark gravées dans sa mémoire une nullité aveugle et gratuite. Un œuf microscopique n'avait pu se diviser à temps, à cause d'une défaillance dans la chaîne des événements biochimiques, d'une minuscule perturbation dans une cascade de réactions protéiniques. Un incident moléculaire avait enflé tel un univers en expansion, jusqu'à figurer sur l'échelle de la misère humaine. Nulle cruauté, nulle vengeance, nulle intervention mystérieuse d'un fantôme. Simplement la transcription erronée d'un gène, une recette mal dosée en enzymes, une rupture dans la réaction en chaîne. Un ratage naturel aussi aléatoire que dépourvu de sens. Ce qui ne faisait que mettre en relief la présence de la vie dans un corps sain parfaitement formé, tout aussi fortuite, tout aussi dépourvue de sens. Un coup de chance, de venir au monde avec ses organes intacts et au bon endroit, d'être né de parents affectueux et non pas cruels, ou bien d'échapper, sous l'effet du hasard géographique ou social, à la guerre ou à la pauvreté. Et de trouver par conséquent tellement plus facile d'être vertueux.

Pendant quelque temps, cette affaire l'avait laissée groggy, moins attentive, moins sensible, vaquant à ses occupations, ne se confiant à personne. Mais elle réagissait davantage à la vue d'un corps, à peine capable de regarder le sien ou celui de Jack sans éprouver de la répulsion. Comment trouver les mots pour en parler ? Ça ne lui ressemblait pas de dire à son mari qu'à ce stade de sa carrière juridique, cette affaire-là parmi tant d'autres, sa tristesse, ses détails viscéraux et l'intérêt tonitruant de l'opinion publique pouvaient la toucher si intimement. Pendant quelque temps, une partie d'elle-même s'était refroidie, comme le malheureux Matthew. C'était elle qui avait expédié un enfant hors de ce monde, avait argumenté en trente-quatre pages élégantes pour mettre fin à ses jours. Peu importait qu'avec sa tête boursouflée et son cœur battant à peine, il eût été condamné à mourir. Elle n'était pas moins dans l'irrationnel que l'archevêque, et avait fini par considérer son dessèchement intérieur comme un dû. La sensation était passée, mais laissait une cicatrice dans sa mémoire, même après sept semaines et un jour.

Ne plus avoir de corps, flotter libre de toute contrainte physique, voilà ce qui lui aurait le mieux convenu.

*

Le tintement du verre de Jack sur la table basse la ramena à la pièce autour d'elle et à la question de son mari. Il la fixait sans ciller. Même si elle avait su comment élaborer une confession, elle n'était pas d'humeur à ça. Ni à trahir la moindre faiblesse. Elle avait du travail, la conclusion de son jugement à relire, les anges qui attendaient toujours en battant des ailes. Son état d'esprit n'était pas le sujet. Le problème venait du choix que Jack allait faire, de la pression qu'il exerçait sur elle. Elle était à nouveau en colère.

« Pour la dernière fois, Jack, vois-tu cette femme ? Je prendrai ton silence pour un oui. »

Mais lui aussi était énervé, il se levait de son fauteuil, s'éloignait d'elle pour se diriger vers le piano, où il marqua une pause, une main posée sur le couvercle relevé, prenant sur lui avant de se retourner. À ce moment-là, le silence entre eux s'amplifia. La pluie avait cessé, les chênes de l'allée s'étaient tus.

« Je croyais avoir été clair. J'essaie d'être franc avec toi. J'ai déjeuné avec elle. Il ne s'est rien passé. Je voulais d'abord en parler avec toi, je voulais…

— Bon, tu m'en as parlé, et tu as eu ta réponse. Alors on fait quoi, maintenant ?

— Tu m'expliques ce qui t'est arrivé.

— Il a eu lieu quand, ce déjeuner ? Où ?

— La semaine dernière, sur mon lieu de travail. Ce n'était rien.

— Le genre de rien qui débouche sur une liaison. »

Il restait au fond de la pièce. « Eh bien voilà », dit-il. Sa voix était atone. Un homme raisonnable poussé aux limites de l'épuisement. Incroyable, cette théâtralité grâce à laquelle il pensait pouvoir s'en tirer. Dans sa carrière de juge d'assises itinérante, elle avait vu devant elle des récidivistes vieillissants et illettrés, certains presque édentés, faire un meilleur numéro, pensant à voix haute depuis le banc des accusés.

«Eh bien voilà, répéta-t-il. Et je le regrette.

— Tu as conscience de ce que tu t'apprêtes à détruire ?

— Je pourrais te retourner la question. Il se passe quelque chose, et tu refuses d'en parler. »

Laisse-le partir, dit une voix, sa propre voix, dans ses pensées. Aussitôt, la vieille peur familière l'étreignit. Elle était incapable de vivre seule le restant de ses jours, et n'en avait aucune intention. Deux amies proches, du même âge qu'elle, depuis longtemps privées de leur mari par un divorce, répugnaient encore à entrer dans une pièce pleine de monde sans être accompagnées. Et, au-delà du simple vernis social, il y avait l'amour qu'elle savait éprouver pour lui. Pas à cet instant, toutefois.

« Ton problème, reprit-il depuis le fond de la pièce, c'est que tu ne crois jamais avoir à te justifier. Tu t'es détournée de moi. Il ne t'a sans doute pas échappé que je m'en suis aperçu et que ça m'atteint. Rien de totalement insupportable, j'imagine, si je pensais que ça ne durerait pas, ou si je connaissais la cause. Donc... »

Il revenait vers elle, mais elle n'entendit jamais sa conclusion, pas plus qu'elle ne laissa son irritation croissante lui dicter sa réponse, car au même moment, le téléphone se mit à sonner. Machinalement, elle décrocha. Elle était d'astreinte, et bien entendu c'était son greffier, Nigel Pauling. La voix hésitante comme d'habitude, au bord du bégaiement. Mais il se montrait toujours efficace, agréablement réservé.

« Désolé de vous déranger si tard, My Lady.

— Je vous en prie. Dites-moi.

— Nous avons reçu un appel de l'avocat de l'hôpital Edith-Cavell à Wandsworth. Il faut transfuser d'urgence un patient atteint d'un cancer, un garçon de dix-sept ans. Ses parents et lui refusent. L'hôpital aimerait...

— Pourquoi refusent-ils ?

— Ce sont des Témoins de Jéhovah, My Lady.

— Bon.

— L'hôpital voudrait obtenir un mandat l'autorisant à effectuer la transfusion malgré tout. »

Elle regarda sa montre. Un peu plus de vingt-deux heures trente.

« On a combien de temps ?

— Passé mercredi, selon eux, ce sera dangereux. Extrêmement dangereux. »

Elle jeta un coup d'œil autour d'elle. Jack avait déjà quitté la pièce. « Alors programmez une audience en urgence mardi à quatorze heures. Et prévenez les défendeurs. Demandez à l'hôpital d'informer les parents. Libre à eux d'intenter une action en recours. Faites nommer un représentant légal pour l'adolescent. Que l'hôpital transmette les pièces du dossier avant demain seize heures. Il faudrait que l'oncologue chargé du traitement vienne témoigner. »

L'espace d'un instant, son esprit tourna à vide. Elle toussota et poursuivit : « J'aurai besoin de savoir pourquoi une transfusion sanguine est nécessaire. Et les parents vont devoir faire le maximum pour intenter leur recours avant mardi midi.

— Je m'en occupe tout de suite. »

Elle s'approcha de la fenêtre et contempla la place, où la silhouette des arbres devenait d'un noir compact dans les ultimes lueurs du lent crépuscule de juin. La lumière jaune des lampadaires n'éclairait encore qu'un cercle sur le

trottoir. Le flot de voitures du dimanche soir s'était clair-
semé, et presque aucun son ne lui parvenait de Gray's Inn
Road ou de High Holborn. Seulement le petit coup sec des
dernières gouttes de pluie sur les feuilles, et le gargouillis
mélodieux montant des profondeurs d'une canalisation. En
contrebas, le chat d'un voisin contourna soigneusement une
flaque d'eau et s'évanouit dans l'obscurité sous un buisson.
La disparition subite de Jack, elle ne s'en souciait pas. Leur
échange s'orientait vers une franchise douloureuse. Inutile
de nier le soulagement éprouvé à se retrouver en terrain
neutre, sur la lande aride des problèmes d'autrui. La religion
encore. Ce pouvait être une consolation. Puisque ce garçon
avait presque dix-huit ans, l'âge de la majorité légale, ses
propres souhaits seraient un enjeu capital.

Peut-être y avait-il de la perversité à découvrir dans cette
interruption soudaine une promesse de liberté. À l'autre
bout de la ville, un adolescent affrontait la mort à cause de
ses convictions religieuses, ou celles de ses parents. Elle
n'avait pas pour tâche ou pour mission de le sauver, mais
de prendre une décision raisonnable et conforme à la loi.
Elle aurait aimé le voir de ses yeux, s'extraire de son
marasme conjugal autant que de la salle d'audience pendant une heure ou deux, faire le voyage, s'immerger dans
la complexité de l'affaire, élaborer un jugement à partir de
ses propres observations. Les convictions religieuses des
parents pouvaient être l'expression de celles de leur fils, ou
bien une condamnation à mort contre laquelle il n'osait
pas se rebeller. De nos jours, se faire son opinion par soi-
même n'était plus de mise. Dans les années quatre-vingt,
un juge aurait encore pu placer l'adolescent sous tutelle

judiciaire et le rencontrer au tribunal, à l'hôpital ou chez lui. À l'époque, un idéal plein de noblesse avait par miracle survécu à la modernité, cabossé et rouillé comme une armure. Au nom du monarque, les juges avaient été des siècles durant les gardiens des enfants de la nation. Désormais, les travailleurs sociaux les remplaçaient et rendaient compte de leur mission. Lent et inefficace, l'ancien système préservait le contact humain. Désormais il y avait moins d'attente, et davantage de cases à cocher, de rapports à croire sur parole. La vie des enfants était archivée dans la mémoire des ordinateurs, avec exactitude, mais un peu moins de bienveillance.

Se rendre à l'hôpital était un caprice teinté de sentimentalisme. Elle se ravisa en se détournant de la fenêtre pour regagner sa méridienne. S'assit avec un soupir agacé et récupéra son jugement relatif à l'affaire des jeunes filles juives de Stamford Hill, et au différend concernant leur bien-être. Elle avait de nouveau ses dernières pages à la main, sa conclusion. Mais impossible de se résoudre à parcourir sa propre prose dans l'immédiat. Ce n'était pas la première fois que l'absurdité et l'inutilité de son implication dans une affaire la paralysaient momentanément. Le choix par des parents d'un lycée pour leurs filles : une décision à la fois innocente, importante et banale, d'ordre privé, qu'une séparation difficile et trop d'argent avaient transformée en un procès monstrueux, en des cartons de documents juridiques si nombreux et si lourds qu'on les transportait sur des chariots, en des querelles de spécialistes qui duraient des heures, en des audiences au tribunal, tout ce cirque s'élevant vers le sommet de la pyramide judiciaire, trop lentement, telle une montgolfière mal délestée. Si les parents ne pouvaient pas tomber d'accord, il fallait bien que la justice tranche. Fiona présiderait avec autant de sérieux et de respect de la procédure qu'un physicien de l'atome. Elle statuerait sur ce qui avait commencé dans l'amour et se terminait dans la haine. Il aurait mieux valu confier toute cette affaire à une assistante sociale, capable d'arriver en une demi-heure à une décision raisonnable.

Fiona avait finalement tranché en faveur de Judith, cette femme rousse si agitée qui, à chaque interruption de séance, selon le greffier, se dépêchait de traverser les sols dallés de marbre sous les voûtes en pierre du palais de justice pour sortir fumer sa cigarette sur le Strand. Ses filles continueraient à fréquenter le lycée mixte choisi pour elles par leur mère. Elles y resteraient jusqu'à l'âge de dix-huit ans et pourraient faire des études supérieures si elles le souhaitaient. Le jugement rendait hommage à la communauté haredi, à sa perpétuation de traditions et de rituels vénérables, précisant que la cour ne prenait pas position sur ces croyances particulières, sauf pour noter qu'elles étaient visiblement sincères. Pourtant, certains membres de la communauté, appelés à témoigner par le père, avaient desservi celui-ci. Une personnalité respectée avait déclaré, un peu trop fièrement peut-être, que les femmes haredim étaient censées se consacrer à créer un « foyer stable » et que la scolarité au-delà de seize ans ne présentait aucun intérêt. Un autre avait ajouté qu'il était très inhabituel, même pour les garçons, d'exercer une profession. Un troisième avait défendu avec un peu trop d'ardeur l'idée selon laquelle filles et garçons devaient être séparés au lycée pour préserver leur pureté. Tout cela, avait écrit Fiona, s'écartait trop des pratiques parentales normales, et de l'opinion commune qui voulait qu'on encourage les aspirations des enfants. Ce devait également être la position de tout parent responsable. Fiona rejoignait l'assistante sociale pour dire que si les deux jeunes filles étaient rendues à la communauté fermée du père, elles seraient coupées de leur mère. L'inverse risquait moins de se produire.

Surtout, la cour devait permettre à ces adolescentes de devenir des adultes capables de choisir la vie qu'elles voulaient mener. Elles pourraient opter pour la conception de la religion de leur père ou pour celle de leur mère, ou bien trouver ailleurs des satisfactions dans l'existence. Passé l'âge de dix-huit ans, elles échapperaient au pouvoir de leurs parents et à celui de la cour. Avant de conclure, Fiona rappelait gentiment à l'ordre Mr Bernstein, le père, soulignant qu'il avait lui-même recouru aux services d'une avocate et bénéficiait de l'expérience de l'assistante sociale désignée par la cour, une femme perspicace malgré son manque d'organisation. Et qu'il était implicitement soumis à l'autorité d'une magistrate. Peut-être devait-il se demander pourquoi il priverait ses filles de la possibilité d'exercer une profession.

Terminé. Ses corrections seraient insérées dans la version finale tôt le lendemain matin. Elle se leva, s'étira, puis prit les verres à whisky et alla les laver dans la cuisine. L'eau tiède coulant sur ses mains l'apaisa, la retint devant l'évier pendant quelques instants où elle ne pensa à rien. Elle restait pourtant à l'affût du moindre son venant de Jack. Le grondement de l'antique tuyauterie indiquerait s'il s'apprêtait à se coucher. Elle regagna le salon pour éteindre les lampes et retrouva irrésistiblement son poste d'observation près de la fenêtre.

Sur la place, pas très loin de la flaque contournée par le chat, son mari tirait une valise derrière lui. À son épaule, la sacoche dont il avait besoin pour son travail. Il atteignit sa voiture, leur voiture, l'ouvrit, posa ses bagages sur la banquette arrière, se mit au volant et démarra. Alors que les phares s'allumaient, que les roues avant pivotaient sur elles-mêmes pour qu'il puisse s'extraire de sa place de parking, elle entendit vaguement l'autoradio. De la pop. Or il détestait la pop.

Il avait dû faire sa valise plus tôt dans la soirée, bien avant le début de leur conversation. Ou peut-être au milieu de celle-ci, quand il s'était replié dans leur chambre. Au lieu d'être dans tous ses états, en colère ou effondrée, elle ressentait seulement de la lassitude. Elle allait se montrer pragmatique. En se couchant aussitôt, elle pouvait éviter de prendre un cachet pour dormir. Elle retourna dans la cuisine, se répétant qu'elle n'espérait pas trouver de mot sur la table en pin où ils se laissaient toujours des messages. Il n'y avait rien. Elle ferma la porte d'entrée à clé et éteignit le couloir. La chambre semblait inchangée. Elle ouvrit la porte coulissante de la penderie de Jack et calcula de son œil d'épouse avisée qu'il avait emporté trois vestes, dont la plus récente, en lin écru, venait de chez Gieves & Hawkes. Dans la salle de bains, elle résista à la tentation d'ouvrir l'armoire à pharmacie pour avoir une idée du contenu de sa trousse de toilette. Elle en savait assez. Une fois au lit, sa seule pensée sensée fut qu'il avait dû prendre

52

soin de longer le couloir sans qu'elle l'entende, puis fermer la porte centimètre par centimètre pour mieux la trahir.

Même cela ne suffit pas à stopper sa plongée dans le sommeil. Mais celui-ci ne lui apporta aucune délivrance, car une heure plus tard elle était cernée de figures accusatrices. Ou implorantes ? Les visages se fondaient et se séparaient. Matthew, le frère siamois hydrocéphale et sans oreilles dont le cœur refusait de battre, se contentait de la fixer des yeux comme il l'avait déjà fait d'autres nuits. Rachel et Nora, les deux sœurs, la suppliaient sur un ton plein de regret, énumérant des erreurs qui pouvaient être de son fait ou du leur. Jack s'approchait d'elle, nichait au creux de son épaule son front nouvellement ridé, expliquait d'une voix plaintive qu'elle se devait de lui ouvrir des perspectives d'avenir.

Lorsque son réveil sonna à six heures et demie, Fiona se redressa brusquement et contempla avec incrédulité la place vide à côté d'elle. Puis elle alla dans la salle de bains et entreprit de se préparer pour sa journée au tribunal.

2

Elle emprunta son itinéraire habituel entre Gray's Inn Square et le palais de justice et s'efforça de ne penser à rien. Son cartable dans une main, son parapluie ouvert dans l'autre. La lumière était d'un vert lugubre et l'air de la ville frais sur ses joues. Elle sortit par l'entrée principale, adressant un bref salut de la tête à John, le gardien sympathique, pour ne pas avoir à parler de la pluie et du beau temps. Elle espérait ne pas trop ressembler à une femme en crise. Chassait de son esprit sa situation en se jouant intérieurement un morceau appris par cœur. Dans le tumulte de l'heure de pointe, c'était son moi idéal qu'elle entendait, la pianiste qu'elle ne deviendrait jamais, interprétant sans fausse note la *Partita n° 2* de Bach.

Il avait plu presque chaque jour de l'été, les arbres du quartier semblaient avoir enflé, leur feuillage s'être étoffé, les trottoirs étaient lessivés et lisses, les voitures du concessionnaire de High Holborn impeccables. La dernière fois qu'elle l'avait vue, la Tamise à marée haute enflait elle aussi, d'un brun plus foncé tandis qu'elle montait, maussade et rebelle, à l'assaut des piles des ponts, prête à envahir les rues. Mais tout le monde poursuivait sa route bon gré mal gré, déterminé, trempé. Le jet-stream déréglé, poussé vers le sud par des facteurs incontrôlables, bloquait la douceur estivale en provenance des Açores, attirait l'air glacial du Nord. Conséquence du changement climatique causé par l'homme, des perturbations provoquées dans les couches supérieures de l'atmosphère par la fonte des calottes glaciaires, ou d'une suractivité des taches solaires qui n'était la faute de personne, ou encore des variations naturelles, des cycles récurrents, du destin de la planète. Ou bien de ces trois facteurs à la fois, ou de seulement deux. Mais à quoi bon se perdre en explications et en théories si tôt le matin ? Fiona et le reste de Londres avaient du pain sur la planche.

Quand elle traversa la rue pour longer Chancery Lane, la pluie redoublait, tombant à l'oblique sous l'effet d'un vent froid qui s'était soudain levé. Il faisait plus sombre, des gouttelettes glaciales rebondissaient sur ses jambes, les gens se pressaient, silencieux, perdus dans leurs pensées. Le flot ininterrompu des voitures dans High Holborn la dépassait bruyamment, les phares se reflétant sur la chaussée alors qu'elle réécoutait la magnifique ouverture, un adagio à la française, la promesse lointaine du jazz dans la lenteur et la densité des accords. Mais rien à faire, ce morceau la ramenait à Jack, car elle l'avait appris pour son anniversaire en avril dernier. Gray's Inn Square au crépuscule, elle et lui tout juste rentrés du travail, les lampes à pied allumées, lui une flûte de champagne à la main, la sienne sur le piano tandis qu'elle interprétait ce qu'elle avait patiemment mémorisé au cours des semaines précédentes. Puis les exclamations de son mari reconnaissant l'œuvre, sa joie et sa stupéfaction gentiment surfaite devant un tel effort de mémoire, leur long baiser à la fin, le « Joyeux anniversaire » qu'elle avait murmuré, les yeux de Jack brillants de larmes, le tintement de leurs flûtes à champagne en cristal.

Le moteur de l'apitoiement sur soi était lancé, et elle ne put s'empêcher de se remémorer diverses surprises qu'elle lui avait réservées. La liste était d'une longueur malsaine : des opéras, des voyages à Paris, à Dubrovnik, à Vienne et à Trieste, Keith Jarrett à Rome (Jack, ne se doutant de rien, avait pour consigne de préparer une petite valise et son passeport, et de retrouver Fiona à l'aéroport en sortant du travail), des bottes de cow-boy en cuir repoussé, une flasque gravée à ses initiales et, afin d'encourager sa passion récente pour la géologie, un marteau de minéralogiste datant du XIXe siècle, dans une mallette en cuir. Pour fêter sa seconde adolescence, le jour de ses cinquante ans, une trompette ayant appartenu à Guy Barker. Ces cadeaux ne représentaient qu'une fraction du bonheur qu'elle s'ingéniait à lui offrir, et la sexualité ne constituait qu'une partie de cette fraction, depuis peu seulement une impossibilité, élevée par lui au rang d'injustice criante.

Du chagrin et une accumulation croissante de griefs, alors que la vraie colère était devant elle. Une femme abandonnée par son mari à cinquante-neuf ans, dans la petite enfance de la vieillesse, avant d'avoir fait ses premiers pas. Quittant Chancery Lane pour tourner dans l'étroit passage qui menait à Lincoln's Inn et à son splendide foisonnement architectural, elle s'efforça de revenir à sa partita. Malgré le tambourinement des gouttes sur son parapluie, elle entendit l'andante harmonieux, la cadence de la marche, tempo rare chez Bach, un beau chant insouciant qui s'élevait au-dessus de la basse continue, ses propres pas accompagnant cette mélodie aérienne et enjouée tandis qu'elle arrivait devant Great Hall. Les notes aspiraient à exprimer un message clair, or elles ne signifiaient rien du tout. Simplement la beauté à l'état pur. Ou bien l'amour sous sa forme la plus vague, la plus vaste, pour tout le monde sans distinction. Pour les enfants, peut-être. Jean-Sébastien en avait eu vingt de ses deux mariages. Son travail ne l'empêchait pas d'aimer et d'instruire ceux qui avaient survécu, de s'en occuper et de composer pour eux. Les enfants... Cette pensée obsédante resurgit au moment où elle enchaînait avec la fugue exigeante qu'elle avait maîtrisée par amour pour son mari et jouait avec brio, sans trébucher ni oublier l'indépendance des deux mains.

Oui, le fait d'être sans enfant avait tout d'une fugue, d'une fuite – voilà le thème familier auquel elle tentait à présent de résister –, une fuite pour échapper à son destin normal. L'échec à devenir une femme, au sens où sa mère entendait ce terme. Comment en était-elle arrivée là ? Au fil d'un lent contrepoint exécuté avec Jack pendant deux décennies, les dissonances apparaissant, puis s'estompant, pour être réintroduites par elle dans ses moments d'inquiétude, voire d'effroi, à mesure que ses années de fertilité s'écoulaient jusqu'à ce qu'il soit trop tard, et qu'elle ait été trop occupée ou presque pour s'en apercevoir.

Une histoire sur laquelle il valait mieux passer rapidement. Après sa licence, encore des examens, puis son inscription au barreau, ses années d'apprentissage, une invitation inattendue à rejoindre un prestigieux cabinet d'avocats, très vite quelques procès gagnés alors qu'elle défendait des cas désespérés : comme il semblait raisonnable, à l'époque, d'attendre la trentaine pour avoir un enfant. Mais celle-ci avait apporté avec elle des affaires importantes et complexes, et de nouveaux succès. Jack, hésitant lui aussi, plaidait pour qu'ils se donnent encore un an ou deux. Puis l'approche de la quarantaine, époque où il enseignait à Pittsburgh et où elle travaillait quatorze heures par jour, s'immergeant d'autant plus dans le droit de la famille que la perspective de fonder la sienne propre s'éloignait, malgré les visites de leurs neveux et nièces. Au cours des années suivantes, les premières rumeurs de sa nomination précoce à la magistrature, à un poste de juge itinérante. Mais rien ne s'était concrétisé, pas tout de suite. Et passé quarante ans avaient surgi les craintes relatives aux grossesses tardives et au risque d'autisme. Peu après, une nouvelle fournée de jeunes visiteurs à Gray's Inn Square, de petits-neveux et nièces bruyants et capricieux, lui avait rappelé la difficulté qu'elle aurait à loger un bébé dans son existence. Puis, par défaut, des projets d'adoption, quelques recherches sans conviction – et, durant toutes ces années où le temps s'accélérait, les affres occasionnelles du doute, les résolutions nocturnes de recourir à une mère porteuse, abandonnées à l'aube dans la course pour être à l'heure au travail. Et quand, enfin, à neuf heures et demie un matin au palais de justice, elle avait officiellement été installée dans ses fonctions de magistrate par le président du tribunal de grande instance et avait prêté serment devant deux cents collègues emperruqués, droite et fière dans sa robe de juge, faisant l'objet d'un discours plein d'esprit, elle avait compris que la partie était finie, qu'elle était mariée au droit de même que certaines femmes étaient mariées au Christ.

Elle traversa New Square et s'approcha de la librairie Wildy's. Dans sa tête la musique s'était tue, remplacée par un autre thème familier : l'autoaccusation. Elle était égoïste, jamais contente, froidement ambitieuse. Se consacrait à la poursuite de ses objectifs, refusait de voir sa carrière comme une source de gratification, avait privé d'existence deux ou trois individus doués et chaleureux. Si ses enfants avaient vu le jour, penser qu'il eût pu en être autrement aurait été choquant. Tel était donc son châtiment : l'obligation d'affronter seule ce désastre, sans filles ni fils devenus des adultes raisonnables qui se souciaient de vous et téléphonaient, rappliquaient toutes affaires cessantes pour se concerter d'urgence autour de la table de la cuisine, raisonner leur idiot de père, le faire revenir. Mais voudrait-elle encore de lui ? Il faudrait qu'ils la raisonnent elle aussi. Ces enfants presque réels : une fille à la voix un peu rauque, peut-être conservatrice de musée, et un fils doué, quoique moins stable, avec trop de cordes à son arc, et qui n'avait jamais terminé ses études universitaires, mais était bien meilleur pianiste qu'elle. Tous deux toujours tendres, parfaits à Noël, dans les châteaux des vacances d'été, lorsqu'ils recevaient leurs amis plus jeunes.

Elle longea le passage sans s'arrêter devant Wildy's, peu tentée par les ouvrages juridiques exposés dans la vitrine, traversa Carey Street et pénétra dans le palais de justice par la porte de derrière. S'engagea sous les voûtes d'un couloir, puis d'un autre, gravit quelques marches, passa devant plusieurs salles d'audience, redescendit, traversa une cour intérieure et marqua une pause au pied d'un escalier pour secouer son parapluie. L'atmosphère lui rappelait toujours sa scolarité, l'odeur ou le contact de la pierre froide et humide, le petit frisson de peur et d'excitation. Elle préféra l'escalier à l'ascenseur, tourna à droite d'un pas lourd sur la moquette rouge, en direction de son immense palier entouré de portes, celles des cabinets de nombreux juges du tribunal de grande instance – comme sur un calendrier de l'Avent, songeait-elle parfois. À l'intérieur de chaque pièce imposante où régnait une ambiance studieuse, ses collègues se perdaient quotidiennement dans leurs dossiers et leurs procès, dans ce labyrinthe de détails et d'avis divergents contre lesquels seul un certain type de badinage et d'ironie offrait une protection. La plupart des juges qu'elle connaissait cultivaient un humour sophistiqué, mais ce matin-là il n'y avait personne pour la faire rire et elle s'en félicita. Sans doute était-elle la première arrivée. Rien de tel qu'une tempête conjugale pour vous sortir du lit.

Elle s'arrêta à l'entrée de son cabinet. Nigel Pauling, scrupuleux et hésitant, penché sur son bureau, alignait différents documents. S'ensuivit, comme chaque lundi, l'échange rituel de questions sur leurs week-ends respectifs. Le sien avait été «calme», et en prononçant ce mot elle tendit à Pauling la copie corrigée du jugement Bernstein.

La journée commençait. Dans l'affaire marocaine, programmée à dix heures, la fillette avait bel et bien été soustraite à la justice et emmenée à Rabat par le père, malgré ses engagements auprès de la cour : aucune nouvelle de l'endroit où elle se trouvait, aucune nouvelle du père, et l'avocat de ce dernier ne savait rien. La mère était suivie par un psychiatre, elle serait présente à l'audience. On comptait se fonder sur la convention de La Haye, le Maroc étant par chance le seul État musulman à l'avoir signée. Tout cela fut expliqué d'un trait et l'air penaud par Pauling qui se passait nerveusement la main dans les cheveux, comme s'il était le frère du ravisseur. Et cette malheureuse au teint blême, professeur d'université squelettique qui tremblait devant la cour, spécialiste des sagas du Bhoutan et entièrement dévouée à sa fille unique. Le père l'était aussi, à sa manière délictueuse, dans sa volonté de protéger sa fille des maux de l'Occident mécréant. Les documents attendaient sur la table de Fiona.

Elle avait déjà le reste de sa journée de travail clairement à l'esprit. Allant vers son bureau, elle interrogea Pauling sur l'affaire des Témoins de Jéhovah. Les parents devaient faire d'urgence une demande d'aide juridictionnelle et une admission provisoire serait délivrée dans l'après-midi. Le jeune homme, ajouta le greffier, souffrait d'une forme rare de leucémie.

« Il doit bien avoir un prénom. » Elle avait parlé d'un ton cassant qui la surprit elle-même.

Lorsqu'elle le mettait sous pression, Pauling se montrait encore plus lisse, à la limite de l'ironie. Il lui fournit plus d'informations que nécessaire.

« Certainement, My Lady. Adam. Adam Henry, fils unique. Les parents se prénomment Kevin et Naomi. Mr Henry dirige une petite entreprise. Terrassement, assainissement, ce genre de choses. Un virtuose de la pelle mécanique, apparemment. »

Après vingt minutes à son bureau, elle retraversa le palier, longea un couloir jusqu'au renfoncement qui abritait la machine à café, agrémentée d'une image de grains torréfiés plus vrais que nature, s'écoulant d'une cafetière ; éclairée de l'intérieur, marron et crème, elle rayonnait dans la pénombre tel un manuscrit enluminé. Un double cappuccino, peut-être deux. Autant commencer à le boire sur place, où elle pourrait tranquillement imaginer avec dégoût Jack en train de se lever d'un lit inconnu pour se préparer à partir au travail, la silhouette à côté de lui encore dans un demi-sommeil, rassasiée aux petites heures du matin, s'agitant entre les draps poisseux, murmurant son prénom, le rappelant près d'elle. Sur un coup de tête, Fiona sortit son téléphone, fit défiler les numéros jusqu'à celui de leur serrurier de Gray's Inn Road, donna les quatre chiffres de son code confidentiel, puis quelques consignes pour un changement de serrure. Bien sûr, madame, tout de suite. Ils avaient gardé les cotes de la serrure actuelle. Les nouvelles clés devraient être déposées dès aujourd'hui à son cabinet sur le Strand et nulle part ailleurs. Puis, sans perdre de temps, le gobelet en plastique brûlant dans sa main libre, elle appela le directeur adjoint de sa résidence, bourru mais de bonne composition, pour le prévenir du passage d'un serrurier. Elle se conduisait mal, et elle en était fière. Il y avait un prix à payer pour la quitter, et pour Jack ce serait l'exil, le bannissement de son ancienne vie. Elle ne lui offrirait pas le luxe d'avoir deux adresses.

Reprenant le couloir en sens inverse avec son gobelet, elle s'interrogeait déjà sur sa transgression ridicule : priver son mari du droit de rentrer chez lui, réflexe banal en cas de séparation, et qu'un avocat déconseillait toujours à son client – souvent l'épouse – en l'absence d'une décision de justice. Toute une vie professionnelle passée au-dessus de la mêlée, à défendre puis à juger, à s'autoriser en privé des commentaires condescendants sur la méchanceté et la bassesse des couples en instance de divorce, et voilà qu'elle était condamnée à frayer avec ses semblables, à nager en désespoir de cause dans le sens du courant.

Ces réflexions furent soudain interrompues. En tournant vers le palier, elle vit le juge Sherwood Runcie qui l'attendait dans l'embrasure de sa porte, tout sourire, et se frottait les mains à la manière du méchant au théâtre pour indiquer qu'il avait quelque chose à lui raconter. Toujours au courant des dernières rumeurs du palais, souvent fondées, il prenait plaisir à les propager. C'était l'un des rares collègues, peut-être le seul, qu'elle préférait éviter, et pas à cause d'une quelconque antipathie. C'était aussi un homme charmant, qui consacrait toutes ses heures de loisir à une organisation caritative qu'il avait créée longtemps auparavant en Éthiopie. Mais Fiona avait honte pour lui. Quatre ans plus tôt, il avait instruit une affaire d'infanticide qui la faisait encore frémir, et sur laquelle elle souffrait de devoir garder le silence. Tout cela dans le meilleur des petits mondes possibles, un village où ils se pardonnaient régulièrement et mutuellement leurs erreurs, essuyaient tous de temps à autre l'annulation brutale d'un jugement par la cour d'appel, se faisant taper sur les doigts à propos d'un point de procédure. Mais là, il s'agissait de l'une des plus grandes erreurs judiciaires de ces dernières années. Et Sherwood! Étonnamment crédule face à un expert nul en maths, puis capable, à la stupéfaction générale, d'envoyer une mère de famille éplorée et innocente en prison pour le meurtre de ses enfants, ce qui lui avait valu d'être brimée et agressée par ses codétenues, diabolisée par les tabloïds, déboutée la première fois qu'elle avait fait appel. Et, lorsqu'on lui eut enfin rendu la liberté qu'elle méritait, de sombrer dans la boisson et d'en mourir.

L'étrange logique à l'œuvre dans cette tragédie donnait encore des insomnies à Fiona. Pendant le procès, le risque qu'un enfant soit victime du syndrome de la mort subite avait été évalué à un sur neuf mille. Donc, avait conclu l'expert de l'accusation, pour calculer le risque que deux enfants de la même fratrie en soient frappés, il suffisait de multiplier ce dernier nombre par lui-même. Un sur quatre-vingt-un millions. Presque impossible, aussi la mère avait-elle forcément une part de responsabilité dans ces décès. À l'extérieur de la salle d'audience, tout le monde avait été saisi de stupeur. Si la cause de ce syndrome était génétique, les deux enfants la partageaient. Si elle provenait de l'environnement familial, ils la partageaient également. Si les deux facteurs étaient réunis, même chose. Par comparaison, quel risque couraient deux bébés d'une famille stable de la classe moyenne d'être assassinés par leur mère ? Mais les spécialistes des probabilités, les statisticiens et les épidémiologistes indignés n'avaient rien pu faire.

Dans ses moments de désillusion quant à l'infaillibilité de la justice, il suffisait à Fiona de se rappeler l'affaire Martha Longman et le faux pas de Runcie pour confirmer son impression passagère que, malgré son amour du droit, celui-ci était dans le pire des cas non pas un âne bâté, mais un serpent, et un serpent venimeux. Pour ne rien arranger, Jack s'était intéressé à l'affaire, et à la première occasion, quand les choses n'allaient pas entre eux, il se déchaînait contre la magistrature et l'implication de Fiona, comme si c'était elle l'auteur du jugement.

Mais qui aurait pu défendre le système judiciaire après le premier rejet par la cour d'appel du recours de Longman ? Ce procès était dès le départ un scandale. Le pathologiste avait inexplicablement dissimulé la preuve déterminante d'une infection bactérienne chez le second enfant. La police et les services du procureur de la Couronne étaient absurdement favorables à une condamnation, la profession médicale s'était déshonorée en la personne de son représentant, et tout le système, cette foule de juristes négligents, avait réduit une femme chaleureuse, architecte de renom, aux persécutions, au désespoir et à la mort. Malgré les preuves contradictoires fournies par plusieurs experts médicaux sur les causes du décès des deux bébés, la justice avait bêtement préféré un verdict de culpabilité au scepticisme et à l'incertitude. Runcie était, tout le monde s'accordait pour le dire, un type extrêmement sympathique et, d'après ses états de service, un juge consciencieux et travailleur. Mais quand Fiona avait appris que le pathologiste et le médecin restaient tous les deux à leur poste, elle avait eu un haut-le-cœur. Cette affaire lui donnait envie de vomir.

Runcie la saluait de la main et elle n'eut d'autre choix que de s'arrêter devant lui et d'être aimable.

« Ma chère Fiona.

— Bonjour, Sherwood.

— J'ai lu un petit échange formidable dans le nouveau

livre de Stephen Sedley. Juste ce qu'il vous faut. Extrait d'un procès dans le Massachusetts. Lors d'un contre-interrogatoire serré, un avocat demande à un pathologiste s'il a la certitude absolue qu'un certain patient était mort avant le début de l'autopsie. Le pathologiste affirme que oui. Ah bon, et comment pouvez-vous en être si sûr ? Parce que, répond le pathologiste, le cerveau du patient se trouvait dans un bocal sur mon bureau. L'avocat insiste : Mais ce patient aurait-il quand même pu être vivant ? Eh bien, réplique le pathologiste, il se peut aussi qu'il ait été vivant, en train de plaider quelque part. »

Tout en explosant de rire à sa propre blague, Runcie ne quittait pas Fiona des yeux pour voir si son hilarité égalerait la sienne. Elle fit de son mieux. Les histoires d'hommes de loi étaient celles qui plaisaient le plus aux hommes de loi.

Enfin réinstallée à son bureau avec son cappuccino désormais tiède, elle réfléchissait au cas de cette enfant soustraite à la justice. Elle feignit de ne pas s'apercevoir qu'à l'autre bout de la pièce, Pauling s'éclaircissait la voix pour prendre la parole, puis se ravisa et disparut. Peu après, ses propres soucis s'envolèrent à leur tour tandis qu'elle se concentrait sur les différentes requêtes et les parcourait rapidement.

À dix heures précises, la cour se leva à son entrée. Elle écouta l'avocat de la mère en détresse, qui comptait invoquer la convention de La Haye pour récupérer l'enfant. Lorsque celui du mari marocain se leva pour convaincre Fiona que les engagements de son client comportaient une part d'ambiguïté, elle lui coupa la parole.

« Je m'attendais plutôt à vous voir rougir de honte en son nom, Mr Soames. »

Le cas, très technique, réclamait la plus grande attention. La frêle silhouette de la mère restait presque invisible derrière son avocat, et semblait rétrécir encore à mesure que les débats devenaient plus abstraits. Lorsque l'audience serait levée, il se pourrait que Fiona ne la revoie plus jamais. L'affaire serait transmise à un juge marocain.

Ensuite elle traita un recours urgent intenté par une épouse pour obtenir le versement d'une pension alimentaire. Elle écouta, posa quelques questions, accepta le recours. À l'heure du déjeuner, elle préféra rester seule. Pauling lui apporta un sandwich et une barre chocolatée qu'elle mangea à son bureau. Son téléphone traînait parmi les dossiers, et elle finit par capituler, chercha sur l'écran d'éventuels SMS ou appels en absence. Rien. Elle se persuada qu'elle n'éprouvait ni déception ni soulagement. Elle but un thé et s'accorda dix minutes pour lire les journaux. Essentiellement la Syrie, des reportages et des photos racoleuses : civils bombardés par le gouvernement, exode des réfugiés, condamnations sans effet des ministres des Affaires étrangères du monde entier, un enfant de huit ans sur un lit, amputé du pied gauche, la poignée de main entre un Bachar el-Assad amaigri au menton fuyant et un responsable politique russe, des rumeurs d'armes chimiques.

Ailleurs la souffrance était plus grande, mais après le déjeuner, elle fut de nouveau confrontée à sa version locale. Elle rejeta, en l'absence du mari concerné, une demande d'éloignement du domicile conjugal. La présentation était interminable, et le clignement d'yeux de l'avocat au regard de hibou acheva de l'irriter.

« Pourquoi demandez-vous un éloignement sans préavis ? Rien dans le dossier ne le justifie. Quelles tentatives de conciliation avez-vous entreprises ? Aucune, à ce que je vois. Si le mari veut bien donner des gages à votre cliente, vous n'avez aucune raison de me solliciter. Dans le cas contraire, portez plainte, et j'entendrai les deux parties. »

L'audience fut levée et elle sortit aussitôt. Elle revint pour écouter les arguments contradictoires au sujet d'une plainte déposée par un homme qui redoutait des violences de la part du compagnon de son ex-femme. Long débat autour du passé de détenu de ce dernier, mais il avait été condamné pour fraude, non pour voies de fait, et Fiona rejeta finalement la demande. Il faudrait se contenter d'un engagement verbal. Une tasse de thé dans son cabinet, puis nouvelle audience, une demande d'opposition à une sortie de territoire, soumise en urgence pour ses trois enfants par une mère en instance de divorce. Fiona était tentée de l'accorder, mais après avoir pris connaissance des complications encore plus graves qui pouvaient s'ensuivre, elle y renonça.

À dix-sept heures quarante-cinq, elle était de retour dans son cabinet. Assise à son bureau, elle contemplait sa bibliothèque, le regard vide. L'entrée de Pauling la fit sursauter, et elle se demanda si elle ne s'était pas assoupie. La presse s'était emparée de l'affaire des Témoins de Jéhovah, l'informa-t-il. Elle serait en une de la plupart des quotidiens du lendemain. On trouvait sur leurs sites des photos du jeune homme en famille. Peut-être les parents les avaient-ils fournies eux-mêmes, ou un proche ravi de se faire un peu d'argent facile. Le greffier remit le dossier à

Fiona, ainsi qu'une enveloppe en papier kraft qui produisit un cliquetis mystérieux lorsqu'elle l'ouvrit. Une lettre piégée provenant d'un plaignant dépité? C'était déjà arrivé, un jour où le dispositif maladroitement fabriqué par un mari furieux avait failli exploser au visage de son greffier de l'époque. Non, l'enveloppe contenait bien ses nouvelles clés, qui lui ouvriraient la porte de sa nouvelle vie, de son existence transformée.

Une demi-heure plus tard, elle se mettait en route vers celle-ci, mais en faisant un détour, car elle appréhendait de regagner l'appartement vide. Elle sortit par l'entrée principale et longea le Strand vers l'ouest jusqu'à l'Aldwych, puis remonta Kingsway vers le nord. Le ciel était uniformément gris, la pluie à peine perceptible, la foule du lundi à l'heure de pointe plus clairsemée que d'ordinaire. Encore une interminable soirée estivale en perspective, assombrie par des nuages bas. Une obscurité totale lui aurait mieux convenu. Devant une échoppe de clés minute, elle eut des battements de cœur en imaginant une scène avec Jack au sujet de la serrure, un face-à-face au centre de la place sous les arbres dégoulinants, à portée d'oreille des voisins qui étaient aussi des collègues. Elle serait entièrement dans son tort.

Elle obliqua vers l'est, dépassa la London School of Economics, contourna Lincoln's Inn Fields, traversa High Holborn, puis, pour retarder encore l'arrivée chez elle, repartit vers l'ouest le long de rues étroites, bordées au milieu de l'ère victorienne d'ateliers d'artisans, désormais remplacés par des salons de coiffure, des garages et des sandwicheries. Elle traversa Red Lion Square, laissa derrière elle les tables et chaises en métal du café du jardin public, vides et mouillées, puis Conway Hall où un petit groupe attendait de pouvoir entrer, des gens très convenables aux cheveux blancs et à l'air soucieux, peut-être des quakers, prêts pour une soirée de protestation contre l'ordre établi. Eh bien le même genre de soirée l'attendait, elle aussi. Mais avoir épousé le droit et sa longue histoire resserrait les liens avec l'ordre établi. Même si on le contestait ou le refusait. Plus d'une demi-douzaine de cartons d'invitation imprimés en relief trônaient sur une table en noyer ciré, dans l'entrée de l'appartement de Gray's Inn Square. Les collèges d'avocats, les universités, des organisations caritatives, diverses sociétés royales, des amis en vue qui priaient Jack et Fiona Maye, eux-mêmes transformés par les ans en une institution miniature, de bien vouloir apparaître en public dans leurs plus beaux vêtements, apporter leur soutien, manger, boire et parler, et rentrer chez eux avant minuit.

Elle longea lentement Theobald's Road, reculant encore le moment de son retour, se demandant à nouveau si ce n'était pas tant l'amour qu'elle avait perdu qu'une forme moderne de respectabilité, pas tant le mépris et l'ostracisme qu'elle redoutait, comme dans les romans de Flaubert et de Tolstoï, que la pitié. Faire pitié signifiait en quelque sorte votre mort sociale. Le XIXᵉ siècle était plus proche que ne le pensait la plupart des femmes. Se retrouver à jouer un rôle vaudevillesque représentait davantage une faute de goût qu'une atteinte aux bonnes mœurs. Le mari volage qui s'offre une dernière aventure, l'épouse courageuse qui tente de sauver la face, la femme plus jeune qui garde ses distances, irréprochable. Dire qu'elle croyait que ses activi-

70

tés de comédienne avaient pris fin sur une pelouse en été, juste avant qu'elle ne tombe amoureuse !

En fin de compte, le retour chez elle ne fut pas si difficile. Il lui arrivait de rentrer du travail avant Jack, et elle fut étonnée de se sentir apaisée en traversant l'entrée aussi sombre qu'un sanctuaire, où flottait un parfum d'encaustique, de pouvoir presque faire semblant de croire que rien n'avait changé, ou que tout allait rentrer dans l'ordre. Avant d'allumer, elle posa son cartable et tendit l'oreille. À cause de la fraîcheur de l'été, le chauffage central avait été remis en route. Les radiateurs produisaient des craquements par intermittence en refroidissant. De la musique symphonique lui parvenait, assourdie, d'un appartement du rez-de-chaussée : Mahler, *langsam und ruhig*. Moins sourdement, une grive musicienne répétait, pédante, chaque phrase ornementale, le son se répercutant par un conduit de cheminée. Fiona alla ensuite de pièce en pièce, allumant les lampes alors qu'il était à peine dix-neuf heures trente. Revenue chercher son cartable dans l'entrée, elle remarqua que le serrurier n'avait laissé aucune trace de sa visite. Pas même un copeau de bois. Pourquoi aurait-il dû y en avoir, puisqu'il n'avait changé que le barillet de la serrure, et pourquoi s'en soucier ? Mais cette absence de traces lui rappela celle de Jack, tirant son moral vers le bas, et pour lutter, elle emporta ses dossiers dans la cuisine et parcourut un de ceux prévus pour le lendemain pendant que la bouilloire chauffait.

Elle aurait pu appeler une de ses trois amies, mais ne supporterait pas de s'entendre expliquer sa situation et lui donner une réalité irréversible. Trop tôt pour la compassion et les conseils, trop tôt pour écouter ses copines maudire Jack par loyauté envers elle. Au lieu de quoi elle passa la soirée la tête vide, comme anesthésiée. Elle mangea du pain, du fromage et des olives avec un verre de vin blanc, et se mit longuement au piano. Par défi, elle joua d'abord sa Partita de Bach en entier. Il lui arrivait d'accompagner l'avocat et ténor Mark Berner, et elle avait découvert l'après-midi même qu'il représenterait l'hôpital dans l'affaire des Témoins de Jéhovah. Leur prochain concert n'aurait pas lieu avant plusieurs mois, juste avant Noël, dans la salle de réception de Gray's Inn, et ils n'avaient pas encore arrêté le programme. Mais ils connaissaient quelques lieder par cœur pour les rappels, et elle les rejoua tous, accompagnant de mémoire la partition du ténor, s'attardant sur le lugubre «Joueur de vielle» de Schubert, qui meurt dans l'oubli, le malheur et la pauvreté. La concentration requise l'empêchait de penser, et elle perdit toute notion du temps. Lorsqu'elle se leva du tabouret, elle avait les genoux et les hanches raides. Dans la salle de bains, elle cassa avec ses dents la moitié d'un somnifère, contempla au creux de sa paume l'autre moitié au bord irrégulier, puis l'avala à son tour.

Vingt minutes plus tard, allongée de son côté du lit, elle écouta la radio les yeux clos, les informations, la météo marine, l'hymne national, puis le BBC World Service. En attendant de trouver l'oubli dans le sommeil, elle écouta un deuxième flash d'informations, peut-être même un troisième, puis plusieurs voix calmes qui discutaient des actes barbares de la journée : attentats suicides dans des lieux publics bondés au Pakistan et en Irak, bombardements d'immeubles d'habitation en Syrie, la guerre de l'islam contre lui-même, menée au prix de carcasses de voitures carbonisées, de décombres, de corps déchiquetés sur les marchés, de gens ordinaires hurlant leur peur et leur chagrin. Les mêmes voix évoquèrent ensuite les drones américains au-dessus du Waziristan, l'attaque sanglante de la semaine précédente contre le convoi d'un mariage. Tandis que ces voix raisonnables poursuivaient leurs débats nocturnes, elle se pelotonna avant de sombrer dans un sommeil agité.

*

La matinée se déroula comme des centaines d'autres. Examen rapide des recours et requêtes, audition d'arguments contradictoires, énoncé de jugements et d'ordonnances, et Fiona faisant des allers-retours entre son cabinet et la cour, tombant au passage sur des collègues, avec qui ces brefs échanges avaient parfois quelque chose de festif; le greffier annonçant d'une voix lasse: «La cour!»; le petit signe de tête discret qu'elle adressait à l'avocat ouvrant l'audience, ses piètres pointes d'humour servilement accueillies sur les bancs de la défense, avec une hypocrisie à peine masquée – les plaignants, s'il s'agissait de conjoints en instance de divorce, comme ce mardi matin là, assis à bonne distance l'un de l'autre derrière leurs représentants, n'étaient pas d'humeur à sourire.

Et ses humeurs à elle? Elle s'estimait capable de les contrôler, de les identifier, et détectait une évolution significative de celles-ci. La veille, décréta-t-elle, elle était sous le choc, dans un état d'acceptation irréel, prête à se convaincre qu'elle devrait, au pire, supporter la commisération de sa famille et de ses amis, et quelques graves désagréments dans sa vie sociale : ces invitations imprimées en relief, qu'il lui faudrait décliner tout en espérant parvenir à masquer sa gêne. Le matin même, s'éveillant avec une moitié de lit glaciale à sa gauche – une forme d'amputation –, elle avait éprouvé pour la première fois une douloureuse sensation d'abandon. Elle avait revu Jack sous son meilleur jour et il lui avait manqué, comme la dureté osseuse de ses jambes velues le long desquelles, dans un demi-sommeil, elle glissait sa plante de pied à la peau douce au premier assaut du réveil, roulant sur son bras tendu et somnolant dans la tiédeur de la couette, la joue contre son torse, jusqu'à la seconde sonnerie du réveil. Cette nudité confiante de l'enfance, avant de se lever pour revêtir son armure d'adulte, lui était apparue dès le matin comme quelque chose d'essentiel dont elle était bannie. Debout dans la salle de bains, quand elle enleva son pyjama, son corps lui sembla grotesque dans le miroir en pied. Miraculeusement aminci par endroits, bouffi à d'autres. La fesse lourde. Un paquet ridicule. Avec la mention « Haut Bas Fragile ». Pourquoi n'aurait-on pas envie de la quitter ?

Le fait de se laver, de s'habiller, de boire un café, de laisser un mot accompagné d'une nouvelle clé à l'intention de la femme de ménage la ramena à de meilleurs sentiments. Elle avait commencé sa matinée, chercha le nom de son mari sur ses e-mails, ses SMS et son courrier, ne le trouva pas, rassembla ses dossiers, son parapluie et son téléphone, et partit travailler à pied. Le silence de Jack paraissait cruel et choquant. Elle savait seulement que Melanie, la statisticienne, vivait près de Muswell Hill. Pas impossible de remonter jusqu'à elle ou de chercher à voir Jack à l'université. Mais quelle humiliation, alors, s'il s'avançait vers elle dans le couloir de son département, bras dessus bras dessous avec sa maîtresse ! Ou si elle le trouvait seul. Qu'aurait-elle à proposer, sinon une plaidoirie inutile, ignominieuse, pour le convaincre de revenir ? Elle pourrait exiger qu'il confirme avoir quitté le domicile conjugal, et il lui répondrait ce qu'elle savait déjà et n'avait pas envie d'entendre. Aussi attendrait-elle que tel livre, telle chemise ou raquette de tennis le ramène à l'appartement dont la porte lui était désormais fermée. À lui de mettre la main sur elle, et lorsqu'ils se parleraient, ce serait sur son terrain à elle, sa dignité intacte, du moins en surface.

Cela ne se voyait pas, mais ce fut le cœur lourd qu'elle passa en revue la liste des audiences de ce mardi. La dernière affaire de la matinée se doublait d'un problème complexe de droit commercial. Un mari réclamant le divorce prétendait ne pas pouvoir disposer librement des trois millions de livres que la justice lui ordonnait de verser à son épouse. Cette somme appartenait à sa société. Au terme d'une trop longue enquête, il apparaissait finalement qu'il était l'unique directeur et employé d'une entreprise qui ne fabriquait rien et n'offrait aucun service – un simple paravent à des fins d'évasion fiscale. Fiona trancha en faveur de l'épouse. L'après-midi était libre pour s'occuper de la requête urgente de l'hôpital dans l'affaire des Témoins de Jéhovah. Dans son cabinet, une fois de plus, elle mangea un sandwich et une pomme à son bureau en passant les requêtes en revue. Pendant ce temps-là, ses collègues banquetaient à Lincoln's Inn. Quarante minutes plus tard, une seule pensée l'accompagnait, clarifiant les choses tandis qu'elle se dirigeait vers la salle d'audience numéro huit. Il s'agissait d'une question de vie ou de mort.

Elle pénétra dans la salle, la cour se leva, elle monta s'asseoir et regarda les parties adverses s'installer en contrebas. À portée de main, une mince pile de feuilles couleur crème près de laquelle elle posa son stylo. Ce fut alors seulement, à la vue de ce papier immaculé, que les dernières traces de sa propre situation, de cette souillure, s'effacèrent complètement. Elle n'avait plus de vie privée, elle pouvait s'absorber dans l'affaire en cours.

Alignées devant elle, les trois parties en présence. Pour l'hôpital, son ami Mark Berner, avocat de la Couronne, et deux avocats stagiaires. Pour Adam Henry et son tuteur légal en la personne de l'assistante sociale, un avocat âgé, John Tovey, que Fiona ne connaissait pas, assisté de son stagiaire. Pour les parents, un autre avocat de la Couronne, Leslie Grieve, et deux stagiaires. Assis près d'eux, Mr et Mrs Henry. Lui, mince, bronzé et cravaté, dans un costume bien coupé qui aurait pu le faire passer pour un homme de loi ayant réussi. Plus robuste, Mrs Henry portait des lunettes trop grandes à monture rouge, derrière lesquelles ses yeux se réduisaient à des points. Elle se tenait bien droite, bras croisés. Ni l'un ni l'autre ne semblait spécialement intimidé. Dans les couloirs devant la salle d'audience, se dit Fiona, une assemblée de journalistes attendrait bientôt qu'elle les autorise à entrer pour entendre son verdict.

Elle commença. «Vous avez tous conscience que nous sommes ici pour une affaire d'une extrême urgence. Chaque minute compte. Que chacun veuille bien garder cela à l'esprit, et s'exprimer brièvement, sans digressions. Mr Berner.»

Elle fit un signe de tête dans sa direction et il se leva. Il était chauve et massif, mais avait des pieds menus – chaussant du trente-cinq, d'après la rumeur – qui lui valaient des moqueries derrière son dos. Il avait une assez belle voix de ténor, et leur plus grand moment ensemble datait de l'année précédente où ils avaient interprété «Le Roi des aulnes», le lied de Schubert, lors d'un dîner à Gray's Inn Hall pour le départ en retraite d'un juriste de la Chambre des lords, un passionné de Goethe.

«Je serai bref, My Lady, car comme vous l'indiquez, il s'agit d'une urgence. Le plaignant est l'hôpital Edith-Cavell de Wandsworth, qui demande l'autorisation de la cour pour traiter un jeune patient, appelé A dans le dossier. Il aura dix-huit ans dans moins de trois mois. Il a été pris de maux d'estomac le 14 mai dernier, en mettant ses jambières de batteur avant un match de l'équipe de cricket de son lycée. Durant les deux jours suivants, ces douleurs sont devenues plus violentes, voire insupportables. Le médecin traitant, malgré sa compétence et son expérience, restait perplexe et envoya…

— J'ai lu le dossier, Mr Berner.»

L'avocat abrégea. «Dans ce cas, My Lady, je crois que toutes les parties admettent qu'Adam souffre d'une leucémie. L'hôpital souhaite lui administrer le traitement habituel, soit quatre molécules, un protocole thérapeutique qui fait l'unanimité chez les hématologues, ainsi que je peux en apporter la preuve…

— Inutile, Mr Berner.

— Merci, My Lady. »

Berner résuma rapidement le déroulement normal du traitement, et cette fois Fiona n'intervint pas. Deux des quatre molécules ciblaient directement les cellules cancéreuses, alors que les deux autres détruisaient tout sur leur passage, la moelle épinière en particulier, affaiblissant ainsi le système immunitaire et sa capacité à fabriquer des globules rouges et blancs et des plaquettes. D'où le recours habituel aux transfusions sanguines pendant le traitement. Dans ce cas précis, cependant, l'hôpital en était empêché. Adam et ses parents étaient Témoins de Jéhovah, et leur foi leur interdisait de recevoir des produits sanguins. Cependant, le jeune homme et ses parents acceptaient tout autre traitement proposé par l'hôpital.

« Et lesquels a-t-on proposés ?

— Pour respecter les vœux de la famille, seules les molécules ciblant directement les cellules cancéreuses ont été administrées. Elles sont jugées insuffisantes. À ce stade, je souhaite faire intervenir l'hématologue de l'hôpital.

— Parfait. »

Mr Rodney Carter vint à la barre et prêta serment. Grand, voûté, l'air sévère, le regard féroce et condescendant sous des sourcils broussailleux d'un blanc neigeux. Une pochette de soie bleue agrémentait la veste de son costume trois-pièces gris perle. Il semblait trouver absurde ce formalisme juridique, et considérer que son patient devait être emmené par la peau du cou et immédiatement transfusé.

Suivirent les questions habituelles permettant d'établir la bonne foi de Carter, son expérience et son ancienneté. Quand Fiona toussota discrètement, Berner comprit aussitôt et accéléra le rythme. Il pria le médecin de résumer pour la juge l'état exact du malade.

« Pas bon du tout. »

On lui demanda de développer.

Carter prit une profonde inspiration, jeta un coup d'œil autour de lui, vit les parents et détourna le regard. Son patient était très faible, dit-il, et montrait comme prévu les premiers signes d'essoufflement. Si lui, Carter, avait pu administrer librement le traitement de son choix, il aurait tablé sur quatre-vingts à quatre-vingt-dix pour cent de chances de rémission totale. Avec le traitement actuel, le pronostic était beaucoup moins bon.

Berner réclama des précisions sur la formule sanguine d'Adam.

Lors de l'admission du patient, répondit Carter, le taux d'hémoglobine était de 8,3 grammes par décilitre. La norme se situant autour de 12,5 grammes. Trois jours plus tôt, ce taux n'était plus que de 6,4 grammes. Le matin même, il était tombé à 4,5 grammes. S'il descendait en dessous de 3, la situation serait extrêmement dangereuse.

Berner s'apprêtait à poser une question supplémentaire, mais Carter le devança.

« Le taux de globules blancs se situe normalement entre 5 et 9. Il est actuellement de 1,7. Quant aux plaquettes… »

Fiona l'interrompit. « Auriez-vous l'obligeance de me rappeler leur fonction ?

— Elles sont nécessaires à la coagulation, My Lady. »

La norme, expliqua l'hématologue à la cour, était de 250. Chez le patient, on était à 34. En dessous de 20, on pouvait s'attendre à des hémorragies. À cet instant précis, Mr Carter détourna légèrement la tête de sorte qu'il parut s'adresser aux parents. « Les dernières analyses, déclara-t-il avec gravité, nous montrent que le sang ne se renouvelle plus. Un adolescent en bonne santé est censé produire 500 milliards de cellules sanguines par jour.

— Et si pouviez transfuser, Mr Carter ?

— Ce garçon aurait encore ses chances. Mais pas autant que s'il avait été transfusé dès le départ. »

Berner marqua une courte pause, et lorsqu'il reprit la parole, il baissa la voix de manière théâtrale, comme si Adam Henry pouvait l'entendre. « Avez-vous discuté avec votre patient de ce qui l'attend s'il n'est pas transfusé ?

— Seulement dans les grandes lignes. Il sait qu'il peut mourir.

— Il n'a aucune idée des conditions dans lesquelles il mourrait. Voudriez-vous bien les résumer pour la cour ?

— Si vous le souhaitez. »

Berner donnait l'impression de s'être entendu avec Carter pour multiplier les détails macabres à l'intention des parents. Une stratégie sensée. Fiona se garda d'intervenir.

Carter parla lentement. « Ce sera pénible. Non seulement pour l'intéressé, mais pour l'équipe qui le suit. Certains soignants sont en colère. Pour eux, mettre des poches de sang, comme disent les Américains, c'est la routine, ils font ça toute la journée. Il leur est tout bonnement impossible de comprendre pourquoi ils risquent de perdre leur patient. Son agonie sera marquée par le combat qu'il devra mener pour respirer, combat qu'il trouvera effrayant et qui sera perdu d'avance. Il aura la sensation de se noyer lentement. Avant, il aura peut-être été victime d'hémorragies internes. Ou d'une défaillance de la fonction rénale. Certains malades perdent la vue. Il peut aussi avoir un accident vasculaire cérébral, avec diverses séquelles neurologiques. Chaque cas est différent. Seule certitude, ce sera une mort horrible.

— Je vous remercie, Mr Carter. »

Leslie Grieve se leva au nom des parents pour le contre-interrogatoire. Fiona le connaissait de réputation, mais ne put se souvenir s'il avait déjà plaidé devant elle. Elle l'avait vu dans les salles d'audience : une sorte de dandy, cheveux argentés, raie au milieu, pommettes saillantes, long nez mince, lueur hautaine dans le regard. Il y avait chez lui une décontraction ou une liberté de mouvement qui contrastait agréablement avec la retenue de ses collègues plus guindés. À ce look gay un peu voyant s'ajoutait un problème de vue, une forme de strabisme, car il avait toujours l'air de regarder à côté de ce qu'il voyait. Ce léger handicap contribuait à son charme. Il désorientait parfois les témoins lors des contre-interrogatoires, sans doute la cause de l'agacement présent de l'hématologue.

Grieve s'adressa à lui. « Vous reconnaissez, n'est-ce pas, Mr Carter, que la liberté de choisir un traitement médical est un droit fondamental pour tout adulte ?

— En effet.

— Et qu'Adam est presque adulte, au sens où l'entend la loi ?

81

« S'il fêtait demain matin son dix-huitième anniversaire, aujourd'hui il n'aurait pas encore atteint sa majorité », répondit Carter avec véhémence.

Grieve resta imperturbable. « Adam est pratiquement adulte. N'a-t-il pas donné son avis sur le traitement avec intelligence et éloquence ? »

Là, l'hématologue au dos voûté se redressa, gagnant deux ou trois centimètres. « Il a donné l'avis de ses parents. Pas le sien. Son refus d'être transfusé repose sur la doctrine d'une secte religieuse qui risque d'en faire inutilement un martyr.

— Le mot "secte" est très fort, Mr Carter, dit calmement Grieve. Êtes-vous croyant vous-même ?

— Je suis anglican.

— L'Église anglicane est-elle une secte ? »

Fiona leva les yeux de ses notes. Grieve en prit acte, pinçant les lèvres et reprenant longuement son souffle. Le médecin semblait prêt à quitter la barre des témoins, mais Grieve n'en avait pas terminé avec lui.

« Avez-vous conscience, Mr Carter, que l'Organisation mondiale de la santé estime qu'entre quinze et vingt pour cent des nouveaux cas de sida sont dus à des transfusions sanguines ?

— Aucun cas de ce genre dans l'hôpital où j'exerce.

— Les hémophiles de différents pays ont payé un lourd tribut à la tragédie de la séropositivité, n'est-ce pas ?

— C'était il y a longtemps, cela ne se produit plus.

— Et on peut contracter d'autres pathologies à cause d'une transfusion, non ? Hépatites, maladie de Lyme, paludisme, syphilis, maladie de Chagas, phénomènes de rejet, affections respiratoires. Et la maladie de Creutzfeldt-Jakob, bien sûr.

— Des cas extrêmement rares.

— Mais qui ont existé. Et puis il y a les réactions hémolytiques provoquées par des erreurs de groupe sanguin.

— Tout aussi rares.

— Ah bon ? Permettez-moi de vous citer le très respecté *Manual for Blood Conservation*, Mr Carter : "On compte vingt-sept étapes entre une prise de sang et le moment où le patient est transfusé, avec un risque d'erreur à chacune de ces étapes."

— Nos soignants sont hautement qualifiés. Ils font très attention. Je ne me rappelle pas avoir constaté une seule réaction hémolytique ces derrières années.

— Si l'on mettait tous ces risques bout à bout, ne diriez-vous pas qu'il y a de quoi faire réfléchir toute personne douée de raison, Mr Carter, sans qu'elle soit membre de ce que vous appelez une "secte" ?

— De nos jours, les produits sanguins sont sévèrement contrôlés.

— Il ne serait toutefois pas totalement irrationnel d'hésiter avant d'accepter une transfusion. »

Carter médita quelques instants. « D'hésiter, peut-être, à l'extrême rigueur. Mais dans un cas comme celui d'Adam, il serait irrationnel de refuser.

— Vous reconnaissez qu'il y a de quoi hésiter. Il n'est donc pas déraisonnable, compte tenu de tous ces risques de contamination et d'erreur, que le patient insiste pour qu'on lui demande son consentement. »

L'hématologue prit ostensiblement sur lui. « Vous jouez

sur les mots. Si on me refuse l'autorisation de transfuser ce patient, il ne s'en relèvera peut-être pas. Au minimum, il risque de perdre la vue. »

Grieve revint à la charge. « Votre profession n'aurait-elle pas un goût immodéré pour les transfusions, compte tenu des dangers ? Rien ne prouve leur bien-fondé, n'est-ce pas, Mr Carter ? Un peu comme avec les saignées autrefois, en sens inverse, bien sûr. On transfuse systématiquement des patients qui perdent deux décilitres de sang au cours d'une intervention chirurgicale, non ? Pourtant, un donneur à qui on prélève un demi-litre de sang retourne aussitôt travailler, et il ne s'en trouve pas plus mal.

— Je n'ai pas à commenter les avis médicaux d'autrui. L'opinion qui prévaut, j'imagine, est qu'un patient affaibli par une intervention doit avoir la quantité de sang allouée par Dieu.

— N'est-il pas vrai que, désormais, les Témoins de Jéhovah sont souvent opérés sans transfusion ? On peut s'en passer. Permettez-moi de vous citer l'*American Journal of Otolaryngology* : "La chirurgie sans transfusion est devenue une pratique courante, et pourrait bien être considérée à l'avenir comme la norme." »

L'hématologue dédaigna cet argument. « Il n'est pas question ici de chirurgie. Ce patient a besoin de sang parce que son traitement empêche son organisme d'en fabriquer lui-même. Ce n'est pourtant pas compliqué.

— Merci, Mr Carter. »

Grieve se rassit, et John Tovey, l'avocat d'Adam Henry, qui avait apparemment besoin de s'appuyer sur une canne à pommeau d'argent et respirait bruyamment, se leva pour interroger à son tour le médecin.

«Vous avez de toute évidence conversé avec Adam seul à seul.

— En effet.

— Avez-vous pu vous faire une idée de son quotient intellectuel?

— Il est extrêmement intelligent.

— S'exprime-t-il bien?

— Oui.

— Son jugement et ses capacités cognitives sont-ils altérés par sa maladie?

— Pas encore.

— Lui avez-vous laissé entendre qu'il a besoin d'une transfusion?

— Absolument.

— Et quelle a été sa réponse?

— Il refuse catégoriquement, au nom de sa religion.

— Connaissez-vous son âge exact, au mois près?

— Dix-sept ans et neuf mois.

— Merci, Mr Carter.»

Berner se leva pour réinterroger le médecin.

«Mr Carter, voulez-vous bien me rappeler depuis combien de temps l'hématologie est votre spécialité?

— Vingt-sept ans.

— Quels sont les risques d'effets secondaires en cas de transfusion sanguine?

— Très faibles. Rien de comparable à ceux qu'une absence de transfusion ne manquera pas de causer dans ce cas précis.»

Berner fit signe qu'il n'avait plus de questions.

Fiona intervint. « À votre avis, Mr Carter, de combien de temps disposons-nous pour résoudre cette affaire ?

— Si demain matin je n'ai pas pu transfuser ce jeune homme, nous entrerons dans une zone très dangereuse. »

Berner se rassit. Fiona remercia le médecin, qui prit congé en adressant à la cour un bref salut de la tête, peut-être non dépourvu de ressentiment. Grieve se leva pour annoncer qu'il appelait le père du patient à la barre. Quand Mr Henry s'avança, il demanda s'il pouvait prêter serment sur la traduction de la Bible en usage chez les Témoins de Jéhovah. Le greffier lui répondit que seule la version autorisée était disponible. Avec un hochement de tête, Mr Henry prêta serment sur celle-ci, puis se tourna patiemment vers Grieve.

Kevin Henry mesurait environ un mètre soixante-cinq et avait la silhouette souple et musclée d'un trapéziste. Sans doute était-ce un virtuose de la pelle mécanique, mais il semblait tout aussi à l'aise dans son costume gris bien coupé avec sa cravate de soie vert pâle. Les questions de Leslie Grieve visaient à donner l'image de débuts laborieux, puis de la naissance d'une famille heureuse, aimante et stable. Qui pouvait en douter ? Les Henry s'étaient mariés jeunes, à dix-neuf ans, dix-sept ans auparavant. Les premières années, où Kevin travaillait comme ouvrier, avaient été difficiles. « Un peu trop noceur » de son propre aveu, il buvait et se conduisait mal avec Naomi, sa femme, bien qu'il n'ait jamais levé la main sur elle. Il avait fini par être licencié à cause de ses retards répétés au travail. Le loyer n'était plus payé, le bébé pleurait toute la nuit, le couple se disputait, les voisins se plaignaient. Les Henry risquaient d'être expulsés de leur deux-pièces à Streatham.

Le salut était venu de deux jeunes Américains très polis qui avaient sonné à la porte de Naomi un après-midi. Ils étaient repassés le lendemain et avaient parlé à Kevin, visiblement hostile. Enfin, après une visite à la Salle du Royaume la plus proche et un accueil chaleureux, puis grâce aux rencontres avec des gens sympathiques vite devenus des amis, à quelques conversations utiles avec les anciens de la congrégation et à l'étude de la Bible, qui leur avait donné du mal dans un premier temps, la paix et l'ordre s'étaient lentement installés dans leur existence. Kevin et Naomi avaient commencé à vivre dans la foi. Ils avaient découvert l'avenir que Dieu réservait à l'humanité et faisaient leur devoir en prêchant la bonne parole. Ils avaient appris qu'il y aurait un paradis sur terre et qu'ils pourraient y accéder en appartenant à ce groupe d'individus privilégiés que les Témoins de Jéhovah appelaient « le troupeau du Seigneur ».

Ils comprenaient combien la vie était précieuse. À mesure qu'ils s'amélioraient en tant que parents, leur fils devenait plus calme. Kevin avait suivi une formation de conducteur d'engins de chantier, financée par le gouvernement. Peu après l'obtention de son certificat d'aptitude, il avait trouvé un emploi. En allant rendre grâce à la Salle du Royaume avec Adam, Kevin et Naomi avaient constaté qu'ils retombaient amoureux l'un de l'autre. Ils se prenaient par la main dans la rue, ce qu'ils n'avaient jamais fait auparavant. Depuis cet épisode déjà ancien, ils vivaient et élevaient Adam dans la vérité, au sein du cercle étroit et solidaire de leurs amis Témoins de Jéhovah. Cinq ans plus tôt, Kevin avait créé sa propre entreprise. Propriétaire de plusieurs pelles mécaniques, de camions-bennes et d'une grue, il employait neuf ouvriers. À présent, Dieu avait envoyé la leucémie à leur fils, et Kevin et Naomi affrontaient la mise à l'épreuve suprême de leur foi.

À chacune des questions insistantes de l'avocat, Kevin Henry apportait une réponse mûrement réfléchie. Il faisait preuve de respect, mais semblait moins intimidé devant la cour que la plupart des gens. Il parla avec franchise de ses échecs passés, évoqua sans la moindre gêne la première fois qu'il avait pris sa femme par la main, n'hésita pas à employer le mot «amour» dans ce décor. Souvent, il se détournait de son avocat pour s'adresser à Fiona en soutenant son regard. D'instinct, elle essaya d'identifier son accent. Une pointe de cockney, un vague écho des comtés de l'Ouest : la voix assurée d'un homme qui croyait en ses compétences et avait l'habitude de donner des ordres. Certains musiciens de jazz s'exprimaient ainsi, un coach de tennis de sa connaissance, des sous-officiers, des policiers, des ambulanciers, ou encore ce contremaître employé sur une plateforme pétrolière qui avait un jour comparu devant elle. Des hommes qui ne gouvernaient pas le monde, mais le faisaient tourner.

Grieve s'interrompit pour marquer la fin de cette histoire d'une vie résumée en cinq minutes, puis demanda doucement : «Mr Henry, voulez-vous bien expliquer à la cour pourquoi Adam refuse une transfusion sanguine ?»

Mr Henry hésita, comme s'il réfléchissait à la question pour la première fois. À nouveau, il se tourna pour répondre directement à Fiona. «Il faut bien comprendre que le sang est l'essence de notre humanité. C'est l'âme, c'est la vie même. Et la vie étant sacrée, le sang l'est aussi. » Alors qu'il semblait avoir fini, il ajouta précipitamment : « Le sang représente le don de la vie, envers quoi chaque être vivant devrait témoigner sa gratitude. » Il assénait ces phrases non pas comme ses croyances les plus chères, mais comme des faits, tel un ingénieur décrivant la construction d'un pont.

Grieve attendait, faisant comprendre par son silence que sa question n'avait pas reçu de réponse. Mais Kevin Henry avait terminé et regardait droit devant lui.

« Donc, insista Grieve, si le sang est un don, pourquoi votre fils le refuserait-il venant des médecins ?

— Mélanger son propre sang avec celui d'un animal ou d'un autre être humain est une souillure, une contamination. C'est le rejet du merveilleux cadeau fait par le Créateur. Voilà pourquoi Dieu l'interdit catégoriquement dans la Genèse, le Lévitique et les Actes des Apôtres. »

Grieve hochait la tête. Mr Henry se contenta d'ajouter : « La Bible est la parole de Dieu. Adam sait qu'il faut lui obéir.

— Votre épouse et vous-même aimez-vous votre fils, Mr Henry ?

— Oui. Nous l'aimons. » Il avait parlé posément et lança un regard de défi à Fiona.

« Et si le refus d'une transfusion sanguine devait causer sa mort ? »

Une fois encore, Kevin Henry fixa le mur lambrissé devant lui. Lorsqu'il reprit la parole, il y avait une tension dans sa voix. « Il trouvera sa place au royaume des cieux qui doit advenir sur terre.

« — Et votre épouse et vous, comment vous sentirez-vous ? »

Naomi Henry restait assise bien droite, ses lunettes rendant son expression indéchiffrable. Elle s'était tournée vers l'avocat, plutôt que vers son mari à la barre. D'où Fiona se trouvait, difficile de dire si les yeux de Mrs Henry, rétrécis par les verres de ses lunettes, étaient ouverts.

« Il aura fait ce qui est bien et vrai, ce que le Seigneur a ordonné », répondit Kevin Henry.

Grieve patienta de nouveau, puis dit d'un ton navré : « Vous serez accablé de chagrin, n'est-ce pas, Mr Henry ? »

Devant la gentillesse forcée de l'avocat, la voix de Kevin Henry lui manqua. Il ne put qu'acquiescer de la tête. Fiona vit un muscle de son cou se contracter tandis qu'il se ressaisissait.

« Ce refus est-il une décision prise par Adam, ou bien la vôtre ?

— On ne pourrait pas le faire changer d'avis, même si on le voulait. »

Pendant quelques minutes, Grieve poursuivit son interrogatoire, cherchant à prouver que le jeune homme n'était pas sous influence. Deux anciens de la congrégation étaient venus plusieurs fois à son chevet. Mr Henry n'avait pas été convié à les accompagner. Mais ensuite, dans le couloir de l'hôpital, ils s'étaient déclarés émus et impressionnés par la compréhension que le jeune homme avait de sa situation, et par sa connaissance des Écritures. Ils étaient convaincus qu'il savait ce qu'il voulait, et vivait comme il se préparait à mourir, dans la vérité.

Fiona sentit Berner prêt à formuler une objection. Mais

il savait qu'elle s'empresserait d'écarter toute déposition sur la foi d'un tiers.

Une dernière série de questions de Leslie Grieve devait fournir l'occasion à Mr Henry de témoigner de la maturité affective de son fils. Il en parla avec fierté, rien dans ses intonations ne donnant l'impression qu'il pensait le perdre prochainement.

Il était déjà quinze heures trente quand Mark Berner se leva pour le contre-interrogatoire. Il commença par exprimer sa sympathie à Mr et Mrs Henry et à leur fils malade, et son espoir d'une guérison totale – signe infaillible, aux yeux de Fiona du moins, qu'il ne ferait pas de quartier. Kevin Henry baissa la tête.

«Au préalable, une simple mise au point, Mr Henry. Les livres de la Bible auxquels vous faites allusion, la Genèse, le Lévitique et les Actes des Apôtres, vous interdisent de *consommer* du sang, ou vous exhortent dans un cas précis à vous abstenir de le faire. La traduction de la Genèse en usage chez les Témoins de Jéhovah dit, par exemple : "Seule la chair avec son âme – son sang – tu ne mangeras point."

— C'est exact.

— Il n'est donc nullement question de transfusion.

— Vous verrez sans doute qu'en grec et en hébreu, le texte original dit "prendre dans son corps", répondit patiemment Mr Henry.

— Très bien. Mais à l'époque de ces textes qui remontent à l'âge du fer, les transfusions n'existaient pas. Comment pouvait-on les interdire ?»

Kevin Henry hocha la tête. Il y avait de la pitié ou de l'indulgence dans sa voix. «Dans l'esprit de Dieu, elles existaient sûrement. Vous devez comprendre que ces livres sont sa parole. Il a inspiré les prophètes élus qui ont transcrit sa volonté. Peu importe si c'était à l'âge de la pierre, du bronze ou d'autre chose.

— Certes, Mr Henry. Mais c'est exactement la raison pour laquelle de nombreux Témoins de Jéhovah contestent le refus des transfusions. Ils sont prêts à accepter les produits sanguins, ou certains d'entre eux, sans renier leur foi pour autant. N'est-il pas vrai que d'autres possibilités sont offertes au jeune Adam, et que vous joueriez votre rôle de père en le persuadant de les accepter pour sauver sa vie ? »

Henry se tourna une fois de plus vers Fiona. « Rares sont ceux qui désobéissent aux enseignements de notre Collège central. À ma connaissance, personne n'est concerné dans notre congrégation, et nos anciens ont une position claire sur le sujet. »

Le crâne chauve de Berner brillait sous la lumière des plafonniers. Comme pour jouer les avocats intraitables avec la partie adverse, il tenait de la main droite le revers de sa veste.

« Ces anciens si stricts rendent visite à votre fils chaque jour, non ? Ils veulent vraiment s'assurer qu'il ne changera pas d'avis. »

Pour la première fois, Kevin Henry trahit un certain agacement. Il se redressa face à Berner, s'agrippa à la barre des témoins et se pencha légèrement en avant, comme retenu par une laisse invisible. Il garda cependant un ton égal. « Ce sont des hommes bienveillants et intègres. D'autres Églises envoient leurs prêtres faire la tournée des hôpitaux. Mon fils reçoit d'eux conseils et réconfort. Sinon, il me le ferait savoir.

— N'est-il pas vrai que s'il acceptait d'être transfusé il serait "excommunié", comme vous dites ? En d'autres termes, banni de la communauté ?

— Frappé d'exclusion. Mais ça ne se produira pas. Il ne changera pas d'avis.

— Légalement, Mr Henry, c'est encore un enfant, dont vous avez la charge. Ce que je veux changer, c'est votre avis à vous. Adam a peur d'être "isolé", n'est-ce pas le mot que vous employez ? Isolé pour n'avoir pas fait ce que vous et les anciens attendez de lui. Le seul univers qu'il connaît lui tournerait le dos parce qu'il préférerait la vie à une mort affreuse ? Est-ce cela, la liberté de choix pour un jeune homme ? »

Kevin Henry prit le temps de réfléchir. Pour la première fois, il consulta sa femme du regard. « Si vous passiez cinq minutes en sa compagnie, vous verriez quelqu'un qui sait ce qu'il fait et qui est capable de prendre une décision au nom de sa foi.

— Je pense plutôt que nous verrions un adolescent ter-rifié et quêtant désespérément l'approbation de ses parents. Avez-vous dit à Adam qu'il est libre de recevoir une trans-fusion s'il le souhaite, Mr Henry ? Et que vous l'aimerez toujours ?

— Je lui ai dit que je l'aimais.

— C'est tout ?

— C'est suffisant.

— Savez-vous quand on a ordonné aux Témoins de Jéhovah de refuser les transfusions sanguines ?

— C'est écrit dans la Genèse. Ça date de la Création.

— Ça date de 1945, Mr Henry. Auparavant, c'était parfaitement acceptable. Trouvez-vous satisfaisant que, de nos jours, un Collège central basé à Brooklyn décide du sort de votre fils ? »

Kevin Henry baissa la voix, peut-être par respect, ou parce qu'il s'agissait d'une question délicate. De nouveau il s'adressa à Fiona, avec fougue. « Le Saint-Esprit guide nos représentants consacrés – on les appelle les esclaves, My Lady –, il les aide à découvrir des vérités qui n'étaient pas comprises jusque-là. » Il se tourna vers Berner pour ajouter, d'un ton plus neutre : « Le Collège central est le moyen pour Jéhovah de communiquer avec nous. C'est sa voix. S'il y a des changements dans la doctrine, c'est parce que Dieu ne révèle que progressivement son dessein.

— Cette voix tolère peu la contradiction. Dans ce numéro de *La Tour de Garde*, il est dit que l'indépendance d'esprit fut encouragée par Satan au début de sa révolte en octobre 1914, et que cette forme de pensée est déconseillée aux fidèles. C'est cela que vous expliquez à Adam, Mr Henry ? Qu'il doit se méfier de l'influence de Satan ?

— Nous préférons éviter les désaccords et les querelles, et rester unis. » Mr Henry retrouvait son aplomb. Il sembla adopter le ton de la confidence. « Vous n'avez sûrement aucune idée de ce que veut dire s'en remettre à une autorité supérieure. Vous devez comprendre que nous le faisons de notre plein gré. »

Mark Berner esquissa un sourire. D'admiration pour son adversaire, peut-être. « Vous venez de raconter à mon distingué confrère qu'entre vingt et trente ans, votre existence était un désastre. Que vous étiez un noceur. Peu probable que plusieurs années auparavant, quand vous aviez l'âge d'Adam, vous ayez vraiment su ce que vous vouliez. N'est-ce pas, Mr Henry ?

— Adam a toujours vécu dans la vérité. Je n'ai pas eu ce privilège.

— Ensuite, si je me souviens bien, vous avez dit avoir découvert que la vie était précieuse. Parliez-vous de celle des autres, ou simplement de la vôtre ?

— Toute vie est un don de Dieu. Et il est seul à pouvoir la reprendre.

— Facile à dire, Mr Henry, quand il ne s'agit pas de la vôtre.

— Plus difficile quand il s'agit de celle de votre propre fils.

— Adam écrit des poèmes. Vous approuvez ?

— Je ne crois pas que ça lui apporte grand-chose.

— Vous vous êtes disputé avec lui à ce sujet, non ?

— On a eu des discussions sérieuses.

— La masturbation est-elle un péché, Mr Henry ?

— Oui.

— Et l'avortement ? L'homosexualité ?

— Aussi.

— C'est cela que vous avez enseigné à Adam ?

— C'est ce qu'il sait être vrai.

— Merci, Mr Henry. »

John Tovey se leva et, le souffle un peu court, informa Fiona qu'étant donné l'heure, il n'avait aucune question à poser à Mr Henry, mais qu'il appelait l'assistante sociale à

95

comparaître. Menue, les cheveux d'un blond roux, Marina Greene s'exprimait par des phrases courtes et précises. Utile, en cette fin d'après-midi. Adam était extrêmement intelligent, déclara-t-elle. Il avait lu la Bible. Il était capable d'argumenter. Il se disait prêt à mourir par fidélité à sa foi.

Il avait tenu les propos suivants – avec la permission de la juge, Marina Greene cita ses notes : « Je suis un individu à part entière. Une personne distincte de mes parents. Quelle que soit leur opinion, je décide par moi-même. »

Fiona demanda quelle mesure devait prendre la cour, selon elle. Marina Greene répondit que sa vision des choses était simple et s'excusa de ne pas avoir une connaissance approfondie du droit. Ce garçon avait l'air intelligent et s'exprimait bien, mais il était encore très jeune. « Un enfant ne devrait pas se laisser mourir au nom d'une religion. »

Berner et Grieve renoncèrent tous les deux à lui infliger un contre-interrogatoire.

*

Avant d'entendre les requêtes finales, Fiona accorda une brève suspension. L'audience fut levée, et elle fila vers son cabinet, but un verre d'eau à son bureau, vérifia ses e-mails et ses SMS. Beaucoup de chacun, mais rien de Jack. Elle les parcourut un à un. Ce n'était plus de la tristesse ni de la colère qu'elle ressentait, mais la présence d'un trou noir en expansion, d'un vide abyssal derrière elle, qui menaçait d'anéantir son passé. Une nouvelle phase. Il semblait impossible que l'être qu'elle connaissait le plus intimement puisse se montrer si cruel.

Ce fut un soulagement, quelques minutes plus tard, de regagner la salle d'audience. Lorsque Berner se leva, il allait fatalement introduire le concept de « compétence de Gillick » dans le débat – référence incontournable en droit de la famille et en pédiatrie, qui faisait jurisprudence depuis l'affaire Gillick contre Wisbech Area Health Authority. La formulation était de Lord Scarman, que l'avocat citait à présent. Un enfant, c'est-à-dire toute personne de moins de seize ans, peut donner son consentement en vue d'un traitement médical « dès qu'il atteint un degré de compréhension et d'intelligence lui permettant de se faire sa propre opinion sur ce qu'on lui propose ». Si Berner, pour défendre le droit de l'hôpital à transfuser Adam Henry contre son gré, invoquait ce concept à cet instant précis, c'était pour empêcher Grieve de le faire avant lui au nom des parents. Autant lui damer le pion et prendre l'avantage. Il parla avec concision, de la même voix de ténor, limpide et juste, que lorsqu'il chantait le poème tragique de Goethe.

Il fallait admettre que l'absence de transfusion constituait en soi une forme de traitement, dit-il. Aucun des soignants qui s'occupaient d'Adam ne doutait de son intelligence, de son talent d'écriture, de sa curiosité intellectuelle, de sa passion pour la lecture. Il avait remporté un concours de poésie organisé par un grand quotidien national. Il pouvait réciter par cœur une ode d'Horace. C'était vraiment un enfant exceptionnel. La cour avait entendu l'hématologue confirmer son extrême intelligence et ses capacités d'expression. Élément capital, Rodney Carter avait ajouté qu'Adam ne se faisait qu'une idée très vague de ce qui lui arriverait s'il n'était pas transfusé. Il avait une vision abstraite, passablement romantique, de la mort qui l'attendait. Il ne remplissait donc pas les conditions fixées par Lord Scarman. Adam n'avait certainement pas atteint le « degré de compréhension lui permettant de se faire sa propre opinion » sur le traitement proposé. À juste titre, l'équipe soignante ne souhaitait pas lui en expliquer l'enjeu. Le médecin spécialiste semblait le mieux placé pour juger, et sa conclusion était claire. Le concept de « compétence de Gillick » ne s'appliquait pas à Adam. Deuxièmement, même si tel était le cas, et si Adam avait le droit de consentir ou non à un traitement, ce serait très différent du droit de refuser une transfusion qui pouvait lui sauver la vie. Sur ce point, la loi était sans ambiguïté. Adam n'aurait aucune autonomie avant l'âge de dix-huit ans.

Troisièmement, poursuivit Berner, il était évident que les risques de contamination consécutifs à une transfusion seraient minimes. Alors que les conséquences d'une absence de transfusion étaient certaines et horribles, voire mortelles. Et quatrièmement, le fait qu'Adam partageait la foi bien particulière de ses parents ne devait rien au hasard. C'était un fils aimant et dévoué qui avait grandi dans une atmosphère de piété sincère. Son opinion peu conventionnelle sur les produits sanguins ne venait pas de lui, comme l'hématologue l'avait abondamment laissé entendre. À dix-sept ans, nous défendions sûrement tous des convictions dont nous aurions honte à présent.

Berner récapitula rapidement. Adam n'avait pas dix-huit ans, ne mesurait pas l'épreuve qui l'attendait s'il n'était pas transfusé, subissait l'influence excessive de la secte au sein de laquelle il avait grandi, et avait conscience de ce qu'il encourait s'il s'en démarquait. Les conceptions des Témoins de Jéhovah étaient très éloignées de celles d'un parent moderne et raisonnable.

Alors que Mark Berner se rasseyait, Leslie Grieve était déjà debout. Dans ses remarques introductives, qu'il énonça en regardant à un mètre à gauche de Fiona, il souhaita attirer à son tour l'attention de la juge sur une déclaration de Lord Scarman : « Le droit du patient à décider par lui-même peut être considéré comme un droit humain fondamental, protégé par le droit coutumier. » La cour devait donc se garder d'intervenir dans une décision concernant un traitement médical prise par un individu visiblement intelligent et lucide. À l'évidence, il ne suffisait pas de se retrancher derrière les deux ou trois mois qui séparaient Adam de son dix-huitième anniversaire. Sur un sujet touchant de si près à un droit humain fondamental, il était malvenu de recourir à la magie des nombres. Ce patient, qui avait à plusieurs reprises et avec insistance fait savoir ce qu'il souhaitait, était bien plus proche de ses dix-huit ans et de sa majorité que de ses dix-sept ans.

Au prix d'un effort de mémoire, Grieve cita les yeux fermés l'article 8 du *Family Reform Act* de 1969 : « Le consentement d'un mineur de plus de seize ans à un traitement chirurgical, médical ou dentaire qui, en l'absence de consentement, constituerait une violation de sa personne aura le même poids que si le patient était majeur. »

Adam impressionnait par sa précocité et sa maturité tous ceux qui le rencontraient, continua Grieve. « Cela vous intéressera peut-être, My Lady, d'apprendre qu'il a lu à voix haute certains de ses poèmes aux infirmières. Franc succès. » Il était beaucoup plus réfléchi que la plupart des adolescents de dix-sept ans. La cour devait tenir compte du fait que s'il était né quelques mois plus tôt, son droit fondamental à décider par lui-même aurait été garanti. Avec le plein accord de ses parents attentionnés, il avait clairement formulé ses objections au traitement, et énoncé les préceptes religieux sur lesquels reposait son refus.

Grieve s'interrompit comme pour réfléchir, puis désigna la porte par laquelle l'hématologue avait quitté la salle d'audience. Le mépris de Mr Carter pour ce refus d'une transfusion sanguine se comprenait parfaitement. Il soulignait la conscience professionnelle que l'on attendait d'un médecin si éminent. Mais le professionnalisme de celui-ci altérait son jugement sur l'application à Adam du concept de « compétence de Gillick ». Au fond, ce n'était pas une question médicale, mais juridique et morale. Celle des droits inaliénables d'un jeune homme. Adam comprenait parfaitement où sa décision pouvait le conduire. À une mort prématurée. Il y avait clairement fait allusion plusieurs fois. Qu'il n'en connaisse pas les conditions précises n'était pas le sujet. Ceux pour qui Gillick s'appliquait ne pouvaient pas, eux non plus, maîtriser la question. D'ailleurs personne ne le pouvait. Nous savions tous que nous allions mourir un jour. Aucun de nous ne savait comment. Et Mr Carter avait concédé que l'équipe qui suivait Adam ne souhaitait pas lui donner ce genre d'explications. Dans son cas, l'application de Gillick se justifiait autrement, par sa compréhension manifeste du fait que le refus du traitement pouvait causer sa mort. Et avec Gillick, le problème de son âge devenait forcément nul et non avenu.

À ce stade, la juge avait couvert trois pages entières de notes. L'une d'elles se détachait, toute seule sur une ligne : « poésie ? » De ce torrent d'arguments jaillissait une image lumineuse : adossé à ses oreillers, un adolescent lisait ses poèmes à une infirmière un peu lasse, consciente qu'on avait besoin d'elle ailleurs, mais qui, par gentillesse, n'osait pas le lui dire.

Fiona avait écrit des poèmes quand elle avait l'âge d'Adam Henry, bien qu'elle n'ait jamais eu la présomption de les lire à voix haute, pas même pour elle seule. Elle se souvenait de quatrains audacieusement non rimés. L'un d'eux évoquait même la mort par noyade, immersion délicieuse sur le dos, dans une rivière au lit tapissé d'herbes – un fantasme improbable inspiré par l'*Ophélie* de Millais, tableau devant lequel elle s'était attardée, fascinée, lors d'une visite scolaire à la Tate Gallery. Un poème osé dans un cahier aux feuilles volantes, à la couverture décorée de coiffures de rêve dessinées à l'encre violette. Pour autant qu'elle s'en souvienne, il gisait au fond d'un carton, dans l'angle le plus reculé de la chambre d'amis aux murs aveugles, chez elle. Si toutefois elle pouvait encore se dire « chez elle » dans cet appartement.

Grieve conclut qu'Adam était trop près de ses dix-huit ans pour que son âge entre en ligne de compte. Il remplissait les conditions énoncées par Scarman, la « compétence de Gillick » s'appliquait. L'avocat cita le juge Balcombe : « Plus les enfants approchent de leur majorité, plus ils sont en capacité de prendre eux-mêmes les décisions relatives à leur traitement médical. Il sera donc normalement dans l'intérêt d'un enfant ayant atteint l'âge et le degré de compréhension suffisants qu'il prenne, en toute connaissance de cause, une décision que la cour devra respecter. » La cour ne devait pas porter de jugement sur une religion particulière, sauf pour exprimer son respect des diverses expressions de la foi. Pas plus qu'elle ne devait se risquer à attenter au droit fondamental d'un individu à refuser un traitement médical.

Son tour enfin venu, John Tovey fut bref. Avec l'aide de sa canne, il se mit laborieusement debout. Il représentait à la fois le jeune homme et Marina Greene, tutrice légale de ce dernier, et adopta délibérément un ton neutre. Les arguments en présence avaient été bien exposés par ses confrères, toutes les questions pertinentes d'un point de vue juridique posées. L'intelligence d'Adam ne faisait aucun doute. Il connaissait à fond les Écritures telles qu'elles étaient comprises et diffusées par son Église. Il fallait tenir compte du fait qu'il avait presque dix-huit ans mais, en réalité, il était encore mineur. Il incombait donc entièrement à la juge Maye de décider quel poids donner aux souhaits d'Adam.

Lorsque l'avocat se fut rassis, le silence régna pendant que Fiona scrutait ses notes, mettait de l'ordre dans ses pensées. Tovey avait utilement contribué à sa prise de décision. S'adressant à lui, elle déclara : « Compte tenu des circonstances uniques de cette affaire, j'ai décidé d'entendre Adam Henry en personne. C'est moins sa connaissance des Écritures qui m'intéresse que sa compréhension de sa situation, et de ce qu'il devra affronter si je rejette la requête de l'hôpital. De plus, il doit savoir qu'il n'est pas entre les mains d'une bureaucratie impersonnelle. Je lui expliquerai que c'est moi qui prendrai la décision, dans son intérêt. »

Elle ajouta qu'elle partait immédiatement, avec Mrs Greene, au chevet d'Adam Henry, à l'hôpital de Wandsworth. L'audience était donc levée jusqu'à son retour, où elle rendrait son jugement en présence de la presse.

3

Cette histoire, se dit Fiona, alors que son taxi s'immobilisait sur Waterloo Bridge à cause d'un embouteillage, était soit celle d'une femme au bord de la dépression nerveuse, qui commettait par sentimentalisme une erreur de jugement en tant que magistrate, soit celle d'un jeune homme qui serait délivré des croyances de sa secte, ou livré à ces mêmes croyances, au nom de l'intime conviction d'une cour laïque. Impossible que ce soit les deux à la fois. La question resta en suspens tandis qu'elle regardait sur sa gauche, en aval, vers la cathédrale Saint-Paul. La marée descendait à toute vitesse. Wordsworth, à propos d'un pont voisin, avait raison : où qu'on se tourne, le plus beau panorama urbain du monde. Même sous une pluie battante. À côté d'elle, Marina Greene. Hormis quelques politesses d'usage en quittant le palais de justice, elles ne s'étaient rien dit. Autant garder ses distances. Et Greene, indifférente ou trop habituée à la vue en amont, n'avait d'yeux que pour son portable, lisant ses SMS, en tapant d'autres, les sourcils froncés, comme c'était désormais la coutume.

Enfin arrivé sur la rive sud, leur taxi tourna pour remonter le fleuve au pas, et il leur fallut presque un quart d'heure pour atteindre Lambeth Palace. Le téléphone de Fiona était éteint, seul moyen pour elle de résister au besoin compulsif de vérifier ses SMS et ses e-mails toutes les cinq minutes. Elle avait écrit un message, sans l'envoyer. *Tu ne peux pas faire ça!* Il le faisait pourtant, et tout était dit dans ce point d'exclamation : elle était ridicule. Cette émotivité, comme elle l'appelait parfois, aimant à en suivre l'évolution, était une nouveauté. Un mélange de consternation et d'indignation. Ou de manque et de fureur. Elle voulait que Jack revienne, elle ne voulait plus jamais le revoir. La honte était un ingrédient supplémentaire. Or qu'avait-elle fait ? Elle s'était abrutie de travail, avait négligé son mari, s'était laissé absorber par une longue affaire ? Mais lui aussi avait son travail, ses humeurs. Elle avait été humiliée et refusait que quiconque le sache, faisait comme si tout allait bien. Elle se sentait souillée par ce secret. Était-ce cela, la honte venait-elle de là ? Dès qu'elle serait au courant, une de ses amies raisonnables l'inciterait à appeler Jack pour exiger des explications. Impossible. Elle reculait encore à l'idée d'entendre le pire. Elle s'était fait avec complaisance, à plusieurs reprises, chacune de ses réflexions présentes sur sa situation, et pourtant elle y revenait. Des pensées en boucle dont seul le sommeil, induit par les médicaments, pouvait la sauver. Le sommeil, ou cette excursion pas très orthodoxe.

Enfin ils se retrouvèrent sur Wandsworth Road, à une trentaine de kilomètres à l'heure, l'allure d'un cheval au galop. Ils laissèrent à droite derrière eux un ancien cinéma converti en salle de squash, où, des années auparavant, Jack avait joué au-delà de ses forces pour se classer onzième dans un tournoi réservé aux Londoniens. Elle, en jeune épouse loyale, passablement morte d'ennui, assise loin derrière la vitre protégeant le court, jetait de temps à autre un coup d'œil furtif à ses notes sur une affaire de viol où elle assurait la défense du prévenu, et qu'elle perdrait. Huit ans pour son client indigné. Très probablement innocent. À juste titre, il ne le lui avait jamais pardonné.

Elle avait l'ignorance et le dédain des Londoniens du Nord pour la prolifération miteuse de Londres au sud du fleuve. Pas de station de métro pour donner sens et cohérence à cette jungle de villages dévorés depuis longtemps par des magasins tristes, des garages douteux qui alternaient avec des maisons édouardiennes poussiéreuses et des immeubles d'habitation au style brutaliste des années cinquante, repaires attitrés des gangs de dealers. Perdus dans des préoccupations qui lui étaient étrangères, les gens sur les trottoirs appartenaient à une autre ville, très lointaine, pas la sienne. Comment aurait-elle su que le taxi traversait Clapham Junction sans l'enseigne comique, aux tons passés, d'un magasin d'appareils électriques à la façade obturée par des planches. Pourquoi faire sa vie en ce lieu ? Elle reconnut chez elle les signes d'une misanthropie envahissante et s'obligea à revenir à sa mission. Elle se rendait au chevet d'un jeune homme gravement malade.

Elle aimait bien les hôpitaux. À l'âge de treize ans, cycliste encline à jouer les bolides pour aller au lycée, elle était passée par-dessus le guidon en roulant sur la grille d'une bouche d'égout. Une légère commotion cérébrale et quelques traces de sang dans les urines lui avaient valu de rester en observation à l'hôpital. Il n'y avait plus de place en pédiatrie : un car de scolaires était rentré d'Espagne avec un virus de gastroentérite inconnu. On l'avait envoyée chez les femmes du service gynécologie avec qui elle avait passé une semaine, le temps de subir des examens peu astreignants. C'était le milieu des années soixante, quand l'esprit de contestation ne soufflait pas encore sur une hiérarchie médicale d'un autre âge. Sous ses hauts plafonds victoriens, la salle commune était propre et bien tenue, la terrifiante infirmière en chef avait pris sa plus jeune patiente sous sa protection, et les vieilles dames – dont certaines devaient avoir entre trente et quarante ans, réalisa-t-elle rétrospectivement – adoraient Fiona et s'occupaient d'elle. Jamais elle ne s'interrogeait sur leurs maladies. Elle était choyée, et absorbée par sa nouvelle existence. Les habitudes qu'elle avait chez elle et au lycée s'éloignaient. Quand une ou deux de ces dames charmantes disparaissaient de leur lit pendant la nuit, elle ne se posait pas trop de questions. Tenue à l'écart des hystérectomies, du cancer et de la mort, elle avait passé une semaine fabuleuse, sans douleurs ni angoisses.

L'après-midi, après les cours, ses amies venaient la voir, impressionnées de faire leur première visite d'adulte à l'hôpital. Dès que la timidité s'estompait, les trois ou quatre adolescentes autour du lit de Fiona commençaient à glousser, secouées par un rire mal contenu, pour trois fois rien : une infirmière qui passait en fronçant les sourcils, le salut trop empressé d'une vieille patiente édentée, quelqu'un qui vomissait bruyamment derrière un paravent à l'autre bout de la salle.

Avant et après le déjeuner, Fiona allait s'asseoir seule dans l'aire d'accueil, un cahier sur les genoux, et se projetait dans l'avenir : pianiste de concert, vétérinaire, journaliste, chanteuse. Elle se représentait ces existences possibles sous forme d'arborescences. Des ramifications successives conduisaient vers l'université, un mari héroïque et musclé, des enfants rêveurs, un élevage de moutons : la vie parfaite. À l'époque, elle ne pensait pas encore au droit.

Le jour de sa sortie, elle avait fait le tour de la salle commune dans l'uniforme de son lycée, cartable en bandoulière, enchaînant sous l'œil de sa mère adieux émus et promesses de garder le contact. Durant les décennies suivantes, elle avait eu la chance de rester en bonne santé, et de ne retourner à l'hôpital qu'à l'heure des visites. Mais elle était définitivement marquée. Toutes les souffrances et les peurs qu'elle voyait chez ses proches et ses amis ne pouvaient rien contre cette association improbable de l'hôpital avec la gentillesse, l'impression qu'on y bénéficiait d'un traitement de faveur et d'une protection contre le pire. Aussi, lorsque les vingt-six étages de l'hôpital Edith-Cavell de Wandsworth apparurent au-dessus des chênes noyés dans la brume à l'autre bout du parc, éprouva-t-elle momentanément une certaine impatience, agréable mais déplacée.

Elle et l'assistante sociale regardaient droit devant elles, au-delà des essuie-glaces bégayants, quand le taxi approcha d'une enseigne lumineuse bleutée annonçant six cent quinze places de parking. Sur une éminence engazonnée, tel un tumulus de l'âge de pierre, se dressait la tour de verre circulaire avec son habillage d'un vert chirurgical, dessinée par un Japonais et construite grâce à de coûteux emprunts, à l'époque insouciante du New Labour. Les derniers étages se perdaient dans les nuages bas du ciel d'été.

Alors qu'elles se dirigeaient vers l'entrée, un chat caché sous une voiture surgit devant elles et détala, et Marina Greene engagea de nouveau la conversation pour évoquer le sien en détail, un british shorthair téméraire qui chassait tous les chiens du quartier. Fiona se prit de sympathie pour cette jeune femme solennelle aux fins cheveux blond-roux qui vivait dans un logement social avec ses trois enfants de moins de cinq ans et son mari policier. Son chat n'était pas le sujet. Elle s'efforçait d'éviter tout propos épineux, mais était douloureusement consciente de l'angoisse qu'elles allaient affronter ensemble.

Fiona se permit plus de liberté. « Un chat qui défend son territoire, dit-elle. J'espère que vous avez raconté cette histoire au jeune Adam.

— En fait, oui », s'empressa de répondre Marina, après quoi elle se tut.

Elles pénétrèrent dans un atrium vitré, de la hauteur de l'édifice. Des arbres adultes, des essences locales plutôt anémiques, tendaient leurs branches, pleins d'espoir, au-dessus de la galerie marchande, des chaises et des tables colorées des sandwicheries et cafés qui se disputaient la clientèle. De plus en plus haut, d'autres arbres poussaient vers le ciel sur des plateformes en béton fixées aux murs incurvés. Les plantes les plus lointaines étaient des arbustes qui se détachaient sur la coupole de verre, à quatre-vingt-dix mètres au-dessus du sol. Les deux femmes s'avancèrent sur le parquet pâle, dépassèrent l'accueil et une exposition d'œuvres réalisées par des enfants malades. Le long pan incliné d'un escalier roulant les transporta jusqu'à une mezzanine où une librairie, un fleuriste, une maison de la presse, une boutique de cadeaux et un centre d'affaires entouraient une fontaine. De la musique new age, aérienne et monotone, se mêlait au murmure de l'eau. Le modèle, bien sûr, était un aéroport. Seules les destinations changeaient. À cet étage, peu de traces de maladie, pas de matériel médical. Les patients se fondaient avec les visiteurs et les soignants. Çà et là quelques individus en peignoir, l'air négligé. Fiona et Marina suivirent des panneaux semblables à ceux des autoroutes. *Oncologie pédiatrique. Médecine nucléaire. Phlébotomie.* Un large couloir au sol brillant les conduisit vers les ascenseurs et elles montèrent en silence au neuvième étage, où elles tournèrent trois fois à gauche dans un couloir identique pour rejoindre l'unité de soins intensifs. Elles passèrent devant une fresque colorée qui représentait des singes traversant une forêt de branche en branche. À présent l'air vicié avait enfin une odeur d'hôpital, de plats cuisinés desservis depuis longtemps, de désinfectant, et celle, plus discrète, de quelque chose de sucré. Ni de fruit ni de fleurs.

Le bureau des infirmières semblait protéger le demi-cercle de portes fermées juste en face, chacune avec un petit hublot. Le silence, seulement rompu par un ronronnement électrique, et le manque de lumière naturelle donnaient l'impression d'être aux petites heures du jour. Les deux jeunes infirmières de service – l'une philippine, l'autre antillaise, apprit ensuite Fiona – se répandirent en exclamations et saluèrent Marina en lui tapant dans les mains, paume contre paume. Aussitôt l'assistante sociale devint une autre femme, une Noire exubérante dans une peau blanche. Elle pivota sur elle-même pour présenter la juge aux deux infirmières comme quelqu'un de « très haut placé ». Fiona leur tendit la main. Elle n'aurait pas pu les saluer comme Marina sans avoir cruellement conscience de son âge, ce qui sembla être compris. Sa main fut serrée avec chaleur. Au terme d'un bref échange, il fut convenu que Fiona resterait là pendant que l'assistante sociale irait expliquer la situation à Adam.

Dès que Marina eut disparu derrière une porte à l'extrême droite, Fiona se tourna vers les infirmières et prit des nouvelles de leur patient.

« Il apprend à jouer du violon, répondit la jeune Philippine. Et il nous rend folles ! »

Son amie se donna une claque sur la cuisse d'un geste théâtral. « On dirait qu'il tord le cou à une dinde, dans cette chambre ! »

Les deux femmes échangèrent un regard et pouffèrent de rire, mais en sourdine, par égard pour leurs patients. C'était visiblement une vieille plaisanterie entre elles. Fiona attendit. Elle se sentait comme chez elle, mais savait que cela ne durerait pas.

« Qu'en est-il de cette histoire de transfusion ? » finit-elle par demander.

Les rires se turent. « Je prie chaque jour pour Adam, déclara l'infirmière antillaise. Je lui dis : "Dieu n'a pas besoin que tu fasses ça pour lui, mon chéri. Il t'aime quoi qu'il arrive. Dieu veut seulement que tu *vives*." »

— Sa décision est prise, ajouta avec tristesse sa collègue. Difficile de ne pas l'admirer. Il vit en accord avec ses idées, non ?

— Dis plutôt qu'il meurt pour elles ! Il ne connaît rien à rien. Un vrai petit chien perdu. »

Fiona intervint. « Que répond-il quand vous lui dites que Dieu veut qu'il vive ?

— Rien. Il a l'air de penser : "Mais qu'est-ce qu'elle raconte ?" »

Au même moment, Marina ouvrit la porte, fit un signe de la main et retourna à l'intérieur.

« Je vous remercie », dit Fiona aux infirmières.

En réponse à un coup de sonnette, la jeune Philippine partit aussitôt vers une autre porte.

« Allez-y, madame, lança son amie. Et s'il vous plaît, faites-le revenir sur sa décision. C'est un garçon adorable. »

Si Fiona garda un souvenir confus de son entrée dans la chambre d'Adam Henry, ce fut à cause de contrastes déroutants. Il y avait tant à enregistrer. En dehors du faisceau de lumière dirigé sur le lit, la pièce était plongée dans une semi-obscurité. Marina venait de s'asseoir avec un magazine qu'elle ne pouvait absolument pas lire dans cette pénombre. Le respirateur et le monitoring autour du lit, les pieds à perfusions, les cathéters et les écrans luminescents donnaient l'impression d'une présence attentive, presque silencieuse. Or il n'y avait pas de silence, car à peine était-elle entrée que déjà le jeune homme lui parlait, l'instant déferlait, ou explosait, sans elle, la laissant en arrière, sonnée. Adam Henry était assis bien droit, adossé à des oreillers contre la tête de lit en métal, éclairé comme par une poursuite sur une scène de théâtre. Dispersés autour de lui sur les draps, et en partie dans l'ombre, des livres, des brochures, un étui à violon, un ordinateur portable, des écouteurs, des pelures d'orange, des papiers de bonbons, une boîte de mouchoirs, une chaussette, un cahier, et plusieurs feuilles couvertes de son écriture. Fouillis ordinaire d'adolescent, auquel les visites de ses proches avaient habitué Fiona.

Il avait un visage long et mince, d'une pâleur de vampire, mais beau, avec des cernes violacés qui s'estompaient délicatement sous ses yeux pour faire place au blanc, et des lèvres charnues qui paraissaient violacées elles aussi sous cette lumière intense. Ses yeux mêmes paraissaient violets, et immenses. Sur l'une de ses pommettes, un grain de beauté qui semblait avoir été peint. Il était frêle, ses bras dépassaient de sa tenue d'hôpital, tels des piquets. Il parlait d'une voix haletante, avec conviction, et durant ces premières secondes, elle ne comprit rien. Puis, tandis que la porte se refermait automatiquement derrière elle avec un soupir, elle saisit qu'il lui disait que c'était étrange, que depuis le début il savait qu'elle viendrait le voir, il croyait avoir ce don, cette prescience – en cours d'instruction religieuse au lycée, ils avaient lu un poème disant que le passé, le présent et l'avenir ne faisaient qu'un, et la Bible le disait aussi. D'après son professeur de chimie, la théorie de la relativité prouvait que le temps était une illusion. Et si Dieu, la poésie et la science disaient tous la même chose, ça devait être vrai, non ?

Il s'affala sur ses oreillers pour reprendre son souffle. Elle était restée debout au pied de son lit. Elle s'approcha du côté où se trouvait une chaise en plastique, se présenta et lui tendit la main. Celle d'Adam Henry était froide et moite. Elle s'assit et attendit qu'il poursuive. Or, la tête renversée en arrière, contemplant le plafond, il récupérait encore, et attendait visiblement une réponse. Elle prit conscience du sifflement d'une des machines derrière elle, ainsi que d'un bip-bip rapide et à peine audible, pour elle tout au moins. Le monitoring cardiaque, dont on avait baissé le son pour la tranquillité du patient, trahissait l'agitation de celui-ci.

Elle se pencha en avant, répondit qu'il avait sans doute raison. D'après son expérience de magistrate, si différents témoins qui ne s'étaient jamais adressé la parole affirmaient tous la même chose à l'audience, il y avait des chances qu'ils disent vrai.

« Mais ce n'est pas toujours le cas, ajouta-t-elle. Il peut y avoir des hallucinations collectives. Des gens qui ne se connaissent pas peuvent être sous l'emprise de la même idée fausse. En tout cas, cela arrive dans les tribunaux.

— Quand, par exemple ? »

Il n'avait pas encore repris son souffle, et même ces trois mots lui coûtaient. Pendant qu'elle cherchait un exemple, il continuait à fixer le plafond, sans un regard pour elle.

« Dans ce pays, voilà quelques années, des enfants ont été retirés à la garde de leurs parents par les autorités, et les parents poursuivis en justice pour ce que l'on qualifiait de pratiques sataniques, pour avoir infligé des choses terribles à leurs enfants lors de cérémonies secrètes, de rituels démoniaques. Tout le monde s'est déchaîné contre eux. La police, les travailleurs sociaux, les procureurs, la presse, même les juges. Mais il s'est avéré qu'il n'y avait rien. Ni rituels secrets, ni Satan, ni pratiques démoniaques. Il ne s'était rien passé. Un pur fantasme. Tous ces experts et ces gens importants partageaient la même illusion, le même rêve. Finalement, tout le monde est revenu à la réalité et a éprouvé du remords, ou aurait dû en éprouver. Et très lentement, les enfants ont été rendus à leur famille. »

Fiona elle-même parlait comme en rêve. Elle se sentait agréablement sereine, même si elle se doutait que Marina, qui suivait la conversation, devait être déconcertée par ses propos. Qu'est-ce qui lui prenait, à la juge, d'évoquer devant ce garçon des enfants victimes de mauvais traitements, quelques minutes seulement après avoir fait sa connaissance ? Voulait-elle suggérer que la religion, sa religion à lui, était une hallucination collective ? Marina devait s'attendre, après quelques échanges anodins, à une phrase introduisant les choses sérieuses, du style *Je suis sûre que vous savez pourquoi je suis là.* Au lieu de quoi, par association d'idées, Fiona racontait, comme à un collègue, un scandale judiciaire remontant aux années quatre-vingt. Mais ce que pensait Marina ne la préoccupait pas outre mesure. Elle allait faire les choses à sa façon.

Adam restait allongé, méditant ce qu'elle venait de dire. Enfin, il tourna la tête sur l'oreiller et croisa son regard. Elle avait déjà suffisamment compromis son autorité et ne comptait pas baisser les yeux. La respiration plus ou moins régulière, il arborait une expression ténébreuse et solennelle, impossible à déchiffrer. Peu importait, car elle se sentait plus calme qu'à aucun autre moment de la journée. Ce qui n'était pas difficile. En tout cas, elle prenait son temps. Tandis qu'elle observait le jeune homme et attendait qu'il s'exprime, la pression de savoir que la cour attendait son retour, la nécessité de prendre une décision rapidement, le pronostic vital engagé par l'hématologue étaient temporairement en suspens dans cette chambre étanche et crépusculaire. Elle avait eu raison de venir.

Il n'aurait pas été convenable de soutenir son regard plus d'une demi-minute, mais elle eut le temps d'imaginer, grâce aux raccourcis de la pensée, ce qu'il voyait sur la chaise à son chevet, encore un adulte avec des certitudes, doublement déconsidéré de par le manque de crédibilité particulier qui s'attache à une dame d'un certain âge.

Il détourna les yeux avant de déclarer : « Ce qu'il y a de stupéfiant, chez Satan, c'est sa sophistication. Il met dans la tête des gens une idée débile, comme les pratiques sataniques ou autre, puis laisse prouver qu'elle n'a pas de réalité, pour que tout le monde croie que finalement il n'existe pas, et ensuite il est libre de commettre le pire. »

Encore un effet de l'entrée en matière peu orthodoxe de Fiona : elle avait empiété sur le terrain d'Adam Henry. Satan jouait un rôle actif dans la conception du monde des Témoins de Jéhovah. Il était descendu sur terre en octobre 1914 en prévision de la fin du monde, avait-elle lu en parcourant le dossier, et il exerçait son influence maléfique par l'intermédiaire des gouvernements, de l'Église catholique, et surtout des Nations unies, encourageant cette organisation à œuvrer pour la concorde entre les nations, alors que celles-ci devraient se préparer pour Harmaguédon.

« Libre d'essayer de vous faire mourir de la leucémie ? »

Elle se demanda si elle n'avait pas parlé trop brutalement, mais il affichait la résilience des adolescents. Encaisser, l'air de rien.

« Oui. Ce genre de choses.

— Et vous allez le laisser faire ? »

Il prit appui contre la tête du lit pour se redresser, puis se caressa le menton d'un air pensif, caricaturant un professeur pédant ou un expert à la télévision. Il se payait sa tête.

« Bon, puisque vous me posez la question, je compte l'anéantir en obéissant aux commandements de Dieu.

— Donc la réponse est oui ? »

Il ne releva pas, attendit quelques instants. « Vous êtes venue pour me faire changer d'avis, pour me remettre sur le droit chemin ?

— Absolument pas.

— Bien sûr que si ! J'en suis persuadé ! » Il devenait soudain un gosse malicieux et provocateur, serrant dans ses bras, bien qu'à grand-peine, ses genoux repliés sous le drap, et s'agitait à nouveau, adoptait un ton sardonique.

« Je vous en prie, madame, remettez-moi sur le droit chemin.

— Je vais vous dire pourquoi je suis là, Adam. Je veux m'assurer que vous savez ce que vous faites. Certains vous trouvent trop jeune pour prendre une telle décision, et croient que vous êtes sous l'influence de vos parents et des anciens. D'autres pensent que vous êtes extrêmement intelligent et doué, qu'on doit vous laisser aller jusqu'au bout. »

Dans cette lumière crue, il lui apparaissait tellement

éclatant, avec ses boucles noires qui recouvraient l'encolure de sa tenue d'hôpital, ses grands yeux sombres qui scrutaient anxieusement son visage par saccades, à l'affût du moindre mensonge, de la moindre fausse note. Provenant des draps, une odeur de talc ou de savon, et, de son haleine, quelque chose de volatil et de métallique. Son régime à base de médicaments.

« Alors, lança-t-il avec curiosité. Je vous fais quelle impression, pour l'instant ? Je m'en tire comment ? »

En fait, il la manipulait, l'attirait sur un autre terrain, un espace plus sauvage où il pourrait exécuter une danse autour d'elle, la pousser à tenir à nouveau des propos déplacés et intéressants. L'idée l'effleura que ce jeune garçon intellectuellement précoce s'ennuyait, tout simplement, par manque de stimulations, et qu'en menaçant sa propre vie, il avait mis en branle un drame fascinant dans chaque scène duquel il jouait le premier rôle, et qui faisait défiler à son chevet des adultes aussi importants qu'importuns. Si tel était le cas, elle ne l'en aimait que plus. La maladie n'étouffait pas sa vitalité.

Donc, comment s'en tirait-il ? « Pas mal, jusque-là, répondit-elle, consciente de prendre un risque. Vous donnez l'impression de savoir ce que vous voulez.

— Merci. » Sa voix avait une douceur moqueuse.

« Mais ce n'est peut-être qu'une impression.

— J'aime bien faire bonne impression. »

Son attitude, son humour comportaient une touche de cette stupidité qui peut accompagner une intelligence brillante. C'était aussi une façon pour lui de se protéger.

Il avait sûrement très peur. Il était temps de le remettre à sa place.

« Si vous savez ce que vous voulez, vous ne verrez aucune objection à discuter de certains détails pratiques.

— Allez-y.

— L'hématologue affirme que s'il pouvait vous transfuser et augmenter votre taux de globules rouges, cela lui permettrait d'ajouter deux médicaments très efficaces à votre traitement, et vous auriez de bonnes chances de guérir totalement, assez vite.

— Oui.

— Alors que sans transfusion, vous risquez de mourir. Vous l'avez compris.

— Trois fois oui.

— Il y a une autre éventualité. Je dois m'assurer que vous l'avez envisagée. Non pas la mort, Adam, mais une guérison partielle. Vous risquez de perdre la vue, de souffrir de séquelles neurologiques, ou bien ce sont vos reins qui lâcheront. Est-ce que cela ferait plaisir à Dieu, de vous savoir aveugle, débile, ou en dialyse pour le restant de vos jours ? »

Sa question franchissait les bornes, les bornes légales. Elle jeta un coup d'œil en direction de Marina, assise dans son coin sombre. L'assistante sociale se servait de son magazine comme support pour son carnet et écrivait à l'aveuglette. Elle ne leva pas les yeux.

Adam fixait un point au-dessus de la tête de Fiona. De sa langue blanchâtre, il humecta ses lèvres avec un petit claquement mouillé. Il prit un ton boudeur.

119

« Si vous ne croyez pas en Dieu, vous ne devriez pas parler de ce qu'il fait ou de ce qui ne lui plaît pas.

— Je n'ai jamais dit que je n'étais pas croyante. J'aimerais savoir si vous avez suffisamment réfléchi à cela, à l'éventualité de rester malade et handicapé à vie, mentalement, physiquement, ou les deux.

— Je détesterais ça, je détesterais. » Il se détourna rapidement dans l'espoir de cacher les larmes qui lui montaient aux yeux. « Mais si c'est ce qui m'attend, je dois l'accepter. »

Contrarié, il évitait son regard, honteux qu'elle ait vu combien il était facile de lui rabaisser le caquet. Son coude légèrement replié paraissait anguleux et fragile. Tout à fait hors de propos, elle se mit à penser à des recettes de cuisine : un poulet rôti, avec du beurre, de l'estragon et du citron ; des aubergines au four, à l'ail et à la tomate ; des pommes de terre dorées à l'huile d'olive. Eut envie d'emmener ce garçon chez elle pour l'engraisser.

Ils avaient utilement progressé, atteint une nouvelle étape, et elle s'apprêtait à lui poser une autre question quand l'infirmière antillaise entra, maintenant la porte grande ouverte. Dans le couloir, comme en réponse aux recettes fantasmées de Fiona, un jeune homme en veste de coton marron, à peine plus âgé qu'Adam, attendait près d'un chariot contenant des gamelles en acier brossé.

« Je peux renvoyer ton dîner, proposa l'infirmière. Mais pas plus d'une demi-heure.

— Si vous pouvez tenir, dit Fiona à Adam.

— Je peux. »

Elle se leva de sa chaise pour permettre à l'infirmière de

procéder à l'examen de routine de son patient et des appareils de monitoring. Celle-ci avait dû remarquer l'émotion d'Adam et ses pommettes humides, car de la main elle lui sécha la joue juste avant de sortir, et lui chuchota assez fort à l'oreille : « Écoute bien ce que cette dame a à te dire. »

L'interruption avait modifié l'atmosphère dans la pièce. Une fois rassise, Fiona ne revint pas à la question prévue. Elle se contenta de désigner de la tête les feuilles de papier au milieu du fouillis.

« J'ai entendu dire que vous écriviez des poèmes. »

Elle s'attendait à ce qu'il refuse cette perche, la trouvant intrusive ou condescendante, mais il parut soulagé de la diversion qui s'offrait à lui, et elle crut sa réaction sincère, totalement spontanée. Elle nota également que son humeur changeait à toute vitesse.

« Je viens d'en finir un. Je peux vous le lire, si vous voulez. Il est vraiment court. Mais attendez une minute. » Il s'allongea sur le côté pour lui faire face. Avant de parler, il humecta de nouveau ses lèvres sèches. Fit claquer une fois encore sa langue d'un blanc crème. Dans un autre contexte, elle aurait pu être belle, une nouveauté de la cosmétologie.

Sur le ton de la confidence, il demanda : « On vous appelle comment, au tribunal ? "Votre Honneur" ?

— D'habitude, on dit "My Lady".

— My Lady ? C'est incroyable ! J'ai le droit de vous appeler comme ça ?

— Fiona suffira.

— Mais moi j'ai envie de vous appeler My Lady. S'il vous plaît.

— Entendu. Et ce poème ? »

Il se cala contre ses oreillers pour reprendre son souffle, et elle attendit. Le simple fait de se pencher enfin en avant pour attraper la feuille de papier près de son genou provoqua une quinte de toux étouffée. Ensuite, sa voix resta sourde et rauque. Fiona ne détecta aucune ironie dans la façon dont il s'adressa à elle.

« Le plus bizarre, My Lady, c'est que j'ai commencé à écrire mes meilleurs poèmes seulement après être tombé malade. Pourquoi ça, d'après vous ?

— À vous de me le dire. »

Il haussa les épaules. « J'aime bien écrire à minuit. Tout s'arrête dans le bâtiment et il n'y a plus qu'un étrange bourdonnement. On ne l'entend pas dans la journée. Écoutez. »

Ils écoutèrent. Dehors, il restait quatre heures de jour et c'était l'heure de pointe. À l'intérieur, on se serait cru en pleine nuit, mais elle n'entendit aucun bourdonnement. Elle prenait conscience que la qualité qui le distinguait était son innocence, une innocence pleine de fraîcheur et d'enthousiasme, une franchise enfantine qui devait tenir à l'univers clos de la secte. On encourageait les fidèles, avait-elle lu, à éloigner autant que possible leurs enfants des gens extérieurs à l'Église. Un peu comme chez les juifs ultraorthodoxes. Les adolescents de sa propre famille, garçons et filles, s'étaient trop tôt protégés en affichant la dureté de ceux à qui on ne la fait pas. Ce détachement ostensible était séduisant à sa manière, une étape nécessaire pour accéder à l'âge adulte. La naïveté d'Adam le rendait attachant, mais vulnérable. Elle était touchée par sa délicatesse, par la façon dont il se concentrait sur sa feuille, s'efforçant peut-être d'entendre son poème avec ses oreilles à elle. Elle conclut qu'il avait dû recevoir beaucoup d'amour chez lui.

Il lui jeta un coup d'œil, prit une profonde inspiration, et commença :

> *Ma bonne étoile a sombré dans un abîme infâme*
> *Au premier coup de marteau de Satan sur mon âme.*
> *Longtemps et lentement tel un forgeron il cogna*
> *Et moi j'étais au plus bas.*
>
> *Mais une feuille d'or Satan a martelée*
> *Sur laquelle l'amour de Dieu a brillé.*
> *D'une lumière dorée le chemin est pavé*
> *Et moi je suis sauvé.*

Fiona patienta, au cas où une autre strophe suivrait, mais Adam reposa la feuille, s'adossa aux oreillers et se mit à parler en contemplant le plafond.

« J'ai écrit ce poème quand Mr Crosby, un de nos anciens, m'a dit que si le pire devait arriver, ça aurait un effet incroyable sur tout le monde.

— Il a dit ça ? demanda Fiona tout bas.

— Et aussi que notre Église se remplirait d'amour. »

Elle résuma pour lui. « Donc, Satan vient vous taper dessus à coups de marteau, il transforme sans le vouloir votre âme en une feuille d'or qui reflète vers chacun l'amour de Dieu, raison pour laquelle vous êtes sauvé et votre mort a moins d'importance.

— C'est exactement ça, My Lady. » D'excitation, il criait

presque. Puis il dut s'arrêter pour reprendre à nouveau son souffle. « Je ne crois pas que les infirmières aient compris, sauf Donna, celle qui était là tout à l'heure. Mr Crosby va essayer de le faire publier dans *La Tour de Garde*.

— Ce serait merveilleux. Vous avez peut-être un avenir comme poète. »

Il saisit l'allusion et sourit.

« Que pensent vos parents de vos poèmes ?

— Maman les adore, papa trouve qu'ils ne sont pas mal, mais qu'ils me prennent les forces dont j'ai besoin pour aller mieux. » Il se remit sur le côté pour lui faire face. « Mais vous, My Lady, vous en pensez quoi ? Il s'intitule "Le Marteau". »

Son regard trahissait une telle impatience, un tel besoin d'approbation qu'elle hésita. « Je pense qu'il contient la trace, enfin, une toute petite trace, d'un réel génie poétique. »

Il continuait à la fixer des yeux avec cette même expression, attendant plus. Elle croyait savoir où elle voulait en venir, mais à cet instant précis elle eut un trou. Elle ne souhaitait pas le décevoir, et n'avait pas l'habitude de parler poésie.

« Qu'est-ce qui vous fait dire ça ? »

Dans l'immédiat, elle l'ignorait. Elle aurait apprécié que Donna revienne s'occuper des machines et de son patient, pendant qu'elle-même s'approcherait de la fenêtre hermétiquement fermée, contemplerait Wandsworth Common et déciderait quoi répondre. Mais l'infirmière ne repasserait pas avant un quart d'heure. Fiona espéra qu'en parlant, elle découvrirait ce qu'elle pensait. Comme du temps où elle était au lycée. À l'époque, personne ne se rendait compte de rien, ou presque.

« La forme, ces deux strophes, et ces deux vers plus courts pour créer une symétrie – vous êtes au plus bas, puis vous êtes sauvé –, le second l'emportant sur le premier, cela m'a plu. J'ai aussi aimé l'image du forgeron...

— Longtemps et lentement.

— Oui, ça sonne bien. Et tout est très concis, comme dans les meilleurs poèmes courts. » Elle retrouvait en partie son assurance. « Le vôtre nous rappelle sans doute qu'à quelque chose malheur est bon. N'est-ce pas ?

— Oui.

— Et à mon avis, il n'est pas nécessaire d'être croyant pour comprendre ou aimer ce poème. »

Il réfléchit quelques instants. « D'après moi, si.

— Et d'après vous, il faut souffrir pour être un bon poète ?

— D'après moi, tous les grands poètes doivent souffrir.

— Je vois. »

Elle fit semblant de tirer un peu sur sa manche et jeta discrètement un coup d'œil à sa montre. Elle devait aller retrouver la cour qui l'attendait, rendre son jugement.

Mais il avait surpris son coup d'œil. « Ne partez pas tout de suite, murmura-t-il. Attendez que mon dîner arrive.

— Entendu. Dites-moi, Adam, que pensent vos parents de tout cela ?

— C'est maman qui réagit le mieux. Elle accepte les choses, vous comprenez ? La soumission à Dieu. Et elle a beaucoup de sens pratique pour tout organiser, discuter avec les médecins, m'obtenir cette chambre plus grande que

125

les autres, me trouver un violon. Alors que mon père se torture plus ou moins. Il est plutôt habitué à donner des ordres aux terrassiers et à faire en sorte que tout fonctionne.

— Et refuser une transfusion ?

— Comment ça ?

— Que disent vos parents ?

— Pas grand-chose. On sait où est le bien. »

Lorsqu'il prononça ces mots en la regardant droit dans les yeux, sans nuance de défi dans la voix, elle le crut sur parole : ses parents et lui, la congrégation et les anciens savaient ce qui était le mieux pour eux. Elle éprouvait la désagréable sensation d'avoir la tête vide, de ne plus trouver de sens à rien. Une pensée blasphématoire lui vint : peu importait, au fond, que ce garçon reste en vie ou qu'il meure. Cela ne changerait presque rien. Un profond chagrin, peut-être d'amers regrets, quelques souvenirs émus, puis la vie reprendrait son cours, et tout cela aurait de moins en moins de signification à mesure que ceux qui aimaient Adam Henry vieilliraient et mourraient, pour finir par ne plus en avoir du tout. Les religions, les systèmes de valeurs, le sien compris, ressemblaient aux pics d'une chaîne de montagnes au loin, aucun n'étant visiblement plus haut, plus important, plus vrai qu'un autre. Qui pouvait juger ?

Elle secoua la tête pour chasser ces considérations. En réserve, la question qu'elle s'apprêtait à poser quand Donna était arrivée. Dès qu'elle l'énonça, elle se sentit mieux.

« Votre père a expliqué certains arguments religieux, mais je voudrais les entendre de votre bouche. Pourquoi refusez-vous une transfusion sanguine, au juste ?

— Parce que c'est mal.

— Continuez.

— Et parce que Dieu nous a dit que c'était mal.

— Pourquoi est-ce mal ?

— Pourquoi on trouve que quelque chose est mal ? Parce qu'on le sait. La torture, le mensonge, le vol. Même si on arrache des informations précieuses à de mauvaises personnes en les torturant, on sait que c'est mal. On le sait parce que Dieu nous l'a enseigné. Même si...

— Une transfusion est-elle la même chose qu'un acte de torture ? »

Marina s'agita dans son coin. Adam, haletant, entreprit d'exposer son point de vue. Une transfusion et un acte de torture n'avaient en commun que de faire le mal. Chacun le savait en son for intérieur. Il cita le Lévitique et les Actes des Apôtres, parla du sang comme de l'essence de notre humanité, évoqua la parole de Dieu, la souillure, défendit son point de vue à la manière d'un brillant élève de terminale, la star du débat organisé par le lycée. Ses yeux d'un violet presque noir étincelaient lorsqu'il était ému par ses propres arguments. Fiona reconnut certaines expressions employées par le père. Mais Adam s'en servait comme s'il avait découvert lui-même ces faits élémentaires, comme s'il était l'auteur de la doctrine plutôt que son disciple. C'était un sermon qu'elle écoutait, fidèlement et passionnément reproduit. Quand il disait que sa congrégation et lui demandaient une seule chose, qu'on les laisse vivre en paix ce qu'ils considéraient comme des vérités allant de soi, il se présentait comme un porte-parole de sa secte.

Fiona, attentive, soutenait le regard de l'adolescent, hochait la tête de temps à autre, et dès qu'il marqua une pause, elle se leva : « Juste pour que les choses soient claires, Adam. Vous avez bien compris que c'est à moi seule de décider ce qui est dans votre intérêt. Si je devais autoriser l'hôpital à vous transfuser en toute légalité contre votre gré, que penseriez-vous ? »

Assis bien droit, il respirait difficilement et parut accuser le coup, mais il sourit. « Je penserais que vous vous mêlez de ce qui ne vous regarde pas, My Lady. »

C'était un changement de registre si inattendu, un euphémisme si absurde, et la surprise de Fiona elle-même fut tellement évidente aux yeux d'Adam qu'ils éclatèrent de rire tous les deux. Marina, qui remettait au même instant son carnet dans son sac à main, eut l'air perplexe.

Fiona jeta un nouveau coup d'œil à sa montre, cette fois sans se cacher. « Je crois que vous avez amplement prouvé que vous savez ce que vous voulez, au moins autant que chacun d'entre nous.

— Merci, répondit-il avec la solennité requise. Je transmettrai à mes parents ce soir. Mais ne partez pas. Mon dîner n'est toujours pas là. Un autre poème ?

— Il faut que je retourne au tribunal, Adam. » Elle n'avait pourtant pas envie de clore la conversation sur sa maladie. Elle vit l'archet sur son lit, en partie dans l'ombre.

« Rapidement, avant que je m'en aille, montrez-moi votre violon. »

L'étui était par terre près d'une armoire métallique, sous le lit. Elle le souleva et le posa sur les genoux d'Adam.

« Ce n'est qu'un violon de débutant. » Il le sortit néanmoins avec un soin extrême, le lui montra, et ensemble ils admirèrent le bois chantourné couleur noisette, la touche noire et les volutes délicates.

Elle posa la main sur la surface laquée et il mit la sienne tout près. « Ces instruments sont magnifiques, dit-elle. Je trouve toujours que leur forme a quelque chose de tellement humain. »

Il essayait d'atteindre sa méthode de violon dans l'armoire. Elle ne comptait pas lui demander de jouer, mais n'osa pas l'arrêter. Sa maladie, son enthousiasme plein d'innocence faisaient que l'on ne pouvait rien lui refuser.

« J'ai commencé il y a quatre semaines exactement, et j'ai appris dix airs. » Sa fierté empêchait elle aussi qu'on lui résiste. Il tournait les pages d'un geste impatient. Fiona échangea un regard avec Marina et haussa les épaules.

« Mais celui-là est le plus difficile. Deux dièses. En *ré* majeur. »

Fiona voyait la partition à l'envers. « Sans doute plutôt en *si* mineur. »

Il ne l'entendit pas. Il s'était déjà redressé, son violon calé sous le menton, et sans prendre le temps d'accorder l'instrument, il se mit à jouer. Elle la connaissait bien, cette belle mélodie triste, un air traditionnel irlandais. Elle avait accompagné Mark Berner chantant le poème de Yeats, « Down by the Salley Gardens », mis en musique par Benjamin Britten. C'était un de leurs rappels. Il le joua de manière un peu rêche, sans vibrato, bien sûr, mais le son était juste malgré deux ou trois fausses notes. Le ton mélancolique du morceau et la ferveur, la spontanéité de l'interprétation exprimaient tout ce qu'elle commençait à comprendre de cet adolescent. Elle pouvait citer de mémoire les paroles de regret du poète. *J'étais jeune et sans cervelle...* Écouter Adam l'émut et la déconcerta à la fois. Apprendre le violon ou tout autre instrument était un acte d'espoir, de foi en l'avenir.

Lorsqu'il eut fini, Marina et elle l'applaudirent et, de son lit, il esquissa gauchement une petite révérence.

« Stupéfiant !

— Incroyable !

— Et en quatre semaines seulement ! »

Pour contenir son émotion, Fiona mentionna un point de technique. « N'oubliez pas le dièse du *do*, dans cette tonalité.

— Ah oui. Tellement de choses auxquelles il faut penser en même temps. »

Elle fit alors une proposition qui la surprit elle-même, et risquait de saper son autorité. La situation, la chambre même, coupée du monde, dans ce crépuscule permanent, avaient pu encourager un tel relâchement, mais c'étaient surtout l'interprétation d'Adam, son application et sa concentration visibles, les sons éraillés qu'il produisait par inexpérience, expression de la candeur de ses aspirations, qui l'avaient bouleversée et incitée à émettre sa suggestion irréfléchie.

« Et bien rejouez cet air, et cette fois je chanterai les paroles. »

Marina se leva, fronçant les sourcils, se demandant peut-être si elle ne devait pas intervenir.

« Je ne savais pas qu'il y avait des paroles, dit Adam.

— Si, deux très belles strophes. »

Avec une solennité touchante, il porta le violon à son menton et leva les yeux vers Fiona. Lorsqu'il se remit à jouer, elle fut heureuse d'atteindre sans difficulté les notes les plus aiguës. Secrètement fière de sa voix, elle n'avait pas souvent eu l'occasion de s'en servir ailleurs qu'au sein de la chorale de Gray's Inn, du temps où elle en était encore membre. Cette fois, le violoniste n'oublia pas le *do* dièse. Ils tâtonnèrent pour le premier vers, l'air presque penaud, mais pour le deuxième ils se consultèrent du regard, et, oubliant l'existence de Marina qui était à présent debout à la porte et contemplait la scène avec stupeur, Fiona chanta plus fort, Adam donna des coups d'archet plus assurés, et tous deux se coulèrent dans l'esprit lugubre de cette complainte nostalgique.

Dans un pré au bord de l'eau nous étions ma mie et moi,
Sur mon épaule sa main blanche comme neige elle posa.
Telle l'herbe sur la digue, me pria de jouir de l'heure ;
J'étais jeune et sans cervelle, à présent ne suis que pleurs.

À peine avaient-ils terminé que le jeune homme en veste marron entra dans la chambre avec son chariot, les couvercles en acier brossé des plats produisant un tintement joyeux. Marina était partie vers le bureau des infirmières.

« "Sur mon épaule sa main", c'est bien, non ? Allez, on réessaie. »

Fiona fit non de la tête en lui prenant le violon des mains pour le remettre dans son étui. « "Me pria de jouir de l'heure", cita-t-elle.

— Restez juste encore un peu. S'il vous plaît.

— Il faut vraiment que j'y aille, Adam.

— Alors laissez-moi votre adresse mail.

— Mme la juge Maye, Palais de justice, le Strand. Cela suffira. »

Elle posa brièvement la main sur son poignet mince et froid, puis, ne voulant pas entendre une autre protestation ou supplique, elle se dirigea vers la porte sans se retourner, ni répondre à la question qu'il lui lança faiblement.

« Vous reviendrez ? »

*

Le trajet de retour vers le centre de Londres fut plus rapide et les deux femmes gardèrent le silence. Pendant que Marina téléphonait longuement à son mari et à ses enfants, Fiona griffonna quelques notes pour préparer son jugement. Elle passa par l'entrée principale du palais de justice et alla directement à son cabinet, où Nigel Pauling l'attendait. Il lui confirma que toutes les dispositions avaient été prises pour que la cour d'appel siège le lendemain, avec seulement une heure de préavis si nécessaire. En outre, l'audience de la soirée aurait lieu dans une salle assez vaste pour accueillir la presse.

Lorsque la cour se leva à l'entrée de Fiona, il était un peu plus de vingt et une heures quinze. Tandis que tout le monde se rasseyait, elle perçut l'agacement des journalistes. Au mieux, si la juge se montrait concise, le scoop pourrait figurer dans les éditions du soir. Juste devant elle, les divers représentants de la défense et Marina Greene étaient disposés comme précédemment, avec plus de place, mais

Mr Henry se retrouvait seul derrière son avocat, sans son épouse.

Sitôt assise, Fiona entama ses remarques d'introduction.

« La direction d'un hôpital requiert d'urgence l'autorisation de la cour pour administrer contre son gré à un adolescent, que nous appellerons A, le traitement conventionnel qu'elle estime médicalement approprié, et qui comporte dans ce cas précis des transfusions sanguines. Elle demande à être couverte par une ordonnance spécifique. La requête a été soumise il y a quarante-huit heures, sans consultation des parties adverses. En tant que juge d'astreinte, je l'ai acceptée, à condition que les formalités d'usage soient remplies. Je rentre d'une visite à l'hôpital où j'ai vu A, en présence de Mrs Marina Greene, des services sociaux. J'ai passé une heure à son chevet. La gravité de sa maladie est évidente. Cependant, son intelligence n'est en rien altérée, et il a pu me faire connaître très clairement sa volonté. L'hématologue qui le suit a expliqué à la cour qu'à partir de demain, le pronostic vital de A sera engagé, raison pour laquelle je rends mon jugement à cette heure tardive un mardi soir. »

Fiona remercia nommément les différents avocats, leurs assistants, Marina Greene et l'hôpital de l'avoir aidée à prendre une décision dans un cas difficile qu'il fallait résoudre rapidement.

« Les parents s'opposent à l'administration du traitement au nom de leur foi, exprimée calmement et avec une profonde sincérité. Leur fils est lui aussi hostile à ce traitement, il a une bonne compréhension des préceptes religieux de son Église, et possède une maturité et des capacités d'expression considérables pour son âge. »

Elle rappela l'histoire médicale du patient, la leucémie, le traitement reconnu, qui donnait en général de bons résultats. Mais deux des molécules administrées d'ordinaire causaient une anémie, qu'il fallait combattre grâce à des transfusions sanguines. Fiona résuma le témoignage de l'hématologue, soulignant en particulier la chute du taux d'hémoglobine et le pronostic défavorable si l'on n'inversait pas cette évolution. Elle-même pouvait confirmer que l'essoufflement de A était manifeste.

L'opposition au traitement reposait principalement sur trois arguments. En premier lieu, A aurait dix-huit ans trois mois plus tard, était extrêmement intelligent, comprenait les conséquences de sa décision, et il fallait donc lui reconnaître la « compétence de Gillick ». En d'autres termes, accorder à ses décisions la même valeur qu'à celles d'un adulte. Ensuite, refuser un traitement médical était un droit humain fondamental, et une cour de justice ne devait donc intervenir qu'avec réticence. Troisièmement, la foi religieuse de A était sincère et devait être respectée.

Fiona développa ces trois points. Elle remercia l'avocat des parents de A d'avoir utilement attiré son attention sur l'article 8 du *Family Reform Act* de 1969 : le consentement d'un mineur de plus de seize ans à un traitement « doit être pris en compte au même titre que si celui-ci était majeur ». Elle exposa les conditions dans lesquelles la « compétence de Gillick » s'appliquait, citant Scarman au passage. Elle admit la nécessité d'établir une distinction entre le consentement à un traitement d'un enfant intelligent de moins de seize ans, éventuellement contre la volonté de ses parents, et le refus par un enfant de moins de dix-huit ans d'un traitement pouvant lui sauver la vie. Compte tenu de ce qu'elle avait appris ce soir-là, estimait-elle que A comprenait toutes les conséquences d'une décision qui lui donnerait satisfaction, ainsi qu'à ses parents ?

« Il s'agit sans nul doute d'un enfant extraordinaire. Je pourrais même dire, comme l'une des infirmières ce soir, que c'est un garçon adorable, et je suis sûre que ses parents seraient d'accord. Il est d'une lucidité exceptionnelle pour un adolescent de dix-sept ans. Mais je constate qu'il n'a pas vraiment idée de l'épreuve qu'il devrait affronter, de la peur qui l'étreindrait à mesure que ses souffrances et son affaiblissement augmenteraient. Cependant... »

Elle laissa ce mot en suspens, et le silence dans la salle s'alourdit tandis qu'elle consultait ses notes.

« Cependant, le fait qu'il comprenne plus ou moins sa situation n'a pas sur moi une influence déterminante. Je me fie plutôt à la décision du juge Ward en son temps, concernant le cas de E, un adolescent mineur, également Témoin de Jéhovah. "L'intérêt de l'enfant détermine ma décision, et je dois décider ce que dicte l'intérêt de E." Ce commentaire a inspiré l'injonction sans ambiguïté du *Children Act* de 1989, qui déclare d'emblée que l'intérêt de l'enfant prime sur tout. Je considère que l'intérêt de l'enfant implique également son bien-être. Il me faut en outre tenir compte de la volonté de A. Comme je l'ai déjà indiqué, il l'a clairement exprimée devant moi, et son père l'a fait également, devant cette cour. Au nom de préceptes de sa religion inspirés par une interprétation particulière de trois passages de la Bible, A refuse la transfusion sanguine qui lui sauverait la vie.

« Le refus d'un traitement médical est un droit fondamental pour un adulte. Traiter un adulte contre son gré équivaut à commettre un délit, une voie de fait. Or A est tout proche de l'âge où il aura le droit de décider par lui-même. Qu'il soit prêt à mourir pour ses convictions religieuses prouve leur profondeur. Que ses parents soient prêts à sacrifier au nom de leur foi un enfant tendrement aimé révèle le pouvoir des croyances auxquelles adhèrent les Témoins de Jéhovah. »

À nouveau elle s'interrompit, à nouveau on attendit sur les bancs de l'assistance.

« C'est précisément ce pouvoir qui me donne à réfléchir, car à dix-sept ans, A n'a pas expérimenté grand-chose d'autre dans le royaume tumultueux des idées religieuses et philosophiques. Il n'entre pas dans les méthodes de cette secte chrétienne d'encourager les débats et la contradiction au sein de la congrégation, que les fidèles appellent d'ailleurs "le troupeau" – un terme approprié, dira-t-on. Je ne crois pas que les avis de A, ses opinions, soient entièrement les siens. Son enfance a consisté en une exposition ininterrompue à une vision monochrome du monde, par laquelle il a forcément été conditionné. Subir une mort atroce et inutile, et devenir un martyr au nom de sa foi, ne servira en rien son intérêt. Les Témoins de Jéhovah, comme d'autres religions, ont une idée claire de ce qui nous attend après la mort, et leurs prédictions relatives à la fin du monde, leur eschatologie, sont tout aussi catégoriques et détaillées. Cette cour ne se prononce pas sur la vie après la mort, qu'en tout état de cause A découvrira un jour par lui-même, ou pas. Dans l'intervalle, et dans l'hypothèse d'une guérison, elle considère que l'intérêt de A est mieux servi par son amour de la poésie, sa passion récente pour le violon, la possibilité d'exercer sa vive intelligence et d'exprimer sa nature tendre et espiègle, et par tout ce que la vie et l'amour ont à lui offrir. Bref, je conclus que A, ses parents et les anciens de cette Église ont pris une décision contraire à son intérêt, lequel est le souci premier de cette cour. A doit être protégé contre cette décision. Il doit être protégé contre sa religion et contre lui-même.

« Ce cas n'a pas été facile à résoudre. J'ai tenu le plus grand compte de l'âge de A, du respect dû à la foi, et de la dignité d'un individu invoquant le droit de refuser un traitement médical. J'ai jugé que la vie de A était plus précieuse que sa dignité.

« Par conséquent, je me prononce contre la volonté de A et de ses parents. Ma décision est la suivante : la nécessité du consentement à une transfusion sanguine des deux premiers défendeurs, en la personne des parents, et la nécessité du consentement à une transfusion sanguine du troisième défendeur, en la personne de A lui-même, sont écartées. L'hôpital qui a soumis cette requête aura donc le droit de poursuivre tout traitement médical de A qu'il estime nécessaire, étant entendu que celui-ci peut comporter l'administration de sang ou de produits sanguins par transfusion. »

*

Il était presque vingt-trois heures quand Fiona quitta le palais de justice pour rentrer chez elle à pied. Si tard, les portes étaient fermées, d'où l'impossibilité de couper au plus court en traversant Lincoln's Inn. Avant de tourner et de remonter Chancery Lane, elle fit un bout de chemin dans Fleet Street jusqu'à une supérette ouverte toute la nuit, pour s'acheter un plat cuisiné. La veille au soir, ç'aurait été une mission sinistre, mais là elle éprouvait presque un sentiment d'insouciance, peut-être parce qu'elle n'avait pas mangé correctement depuis deux jours. Dans le magasin exigu et violemment éclairé, les emballages criards, les rouges et les violets explosifs, les jaunes éclatants semblaient palpiter au rythme de son pouls. Elle s'offrit un gratin de poisson surgelé et soupesa quelques fruits avant de se décider. Au moment de payer, en fouillant dans son portemonnaie, elle fit tomber plusieurs pièces par terre. Le jeune Asiatique agile qui tenait la caisse les arrêta net avec son pied, et les posa sur la paume de Fiona en lui adressant un sourire protecteur. Elle se vit à travers les yeux de cet homme capable de remarquer son air épuisé mais pas la coupe de sa veste, par ignorance ou manque de curiosité, la prenant visiblement pour une de ces vieilles femmes inoffensives qui vivent et mangent seules, et n'ont plus toute leur tête pour sortir dans les rues à des heures pareilles.

Elle longea High Holborn en fredonnant « The Salley Gardens ». Le balancement contre sa jambe du sac plastique contenant les fruits et le paquet compact de son dîner la réconforta. Le gratin pourrait cuire dans le four à micro-ondes pendant qu'elle se préparerait pour la nuit, elle mangerait en peignoir devant une chaîne d'information, après quoi il n'y aurait plus rien entre elle et le sommeil. Pas d'adjuvant chimique. Le lendemain l'attendait un divorce chic, un guitariste célèbre, son épouse qui l'était presque, chanteuse de variété défendue par un excellent avocat, et réclamant sa part des vingt-sept millions de livres de son ex-mari. Un jeu d'enfant, comparé à la journée écoulée, mais l'intérêt de la presse serait tout aussi intense, la procédure tout aussi solennelle.

Elle obliqua pour entrer dans Gray's Inn, son sanctuaire familier. Elle ne se lassait pas de la façon dont le vrombissement de la circulation se taisait à mesure qu'elle s'enfonçait dans cette enceinte. Une sorte de quartier fermé historique, de forteresse habitée par des avocats et des juges qui étaient également musiciens, amateurs de bon vin, écrivains en herbe, pêcheurs à la mouche et conteurs. Un nid de rumeurs et d'expérience, et un jardin délicieux, encore hanté par le fantôme du philosophe Francis Bacon. Elle adorait cet endroit et ne voulait pas le quitter.

Elle pénétra dans son immeuble, remarqua la minuterie allumée, monta vers le deuxième étage, entendit le craquement habituel à la quatrième marche et à la septième, et, peu avant d'atteindre son palier, découvrit le spectacle et comprit aussitôt. Son mari était là, il se levait, un livre à la main ; contre le mur derrière lui, sa valise faisait office de siège et sa veste traînait par terre près de sa sacoche ouverte, d'où s'échappaient des documents. À la porte, il travaillait pour patienter. Pourquoi pas, d'ailleurs ? Il avait l'air exaspéré dans ses vêtements froissés. À la porte, après avoir très longuement attendu. De toute évidence, il ne revenait pas chercher des chemises propres et des livres, pas avec sa valise installée là. Sa première pensée, aussi déprimante qu'égoïste, fut qu'elle allait devoir partager son plat cuisiné pour une personne. Puis elle se ravisa. Elle préférait ne rien manger.

Elle gravit les dernières marches qui la séparaient du palier, chercha sans mot dire ses clés dans son sac, ses nouvelles clés, contourna son mari et s'approcha de la porte. C'était à lui de parler le premier.

Il le fit d'un ton plaintif. « J'ai essayé de t'appeler toute la soirée. »

Elle déverrouilla la porte, entra sans se retourner, alla dans la cuisine, posa ses courses sur la table et attendit. Son cœur battait beaucoup trop vite. Elle entendit Jack traîner sa valise à l'intérieur en respirant bruyamment, comme quand il était de mauvaise humeur. S'ils devaient s'affronter, ce qu'elle ne souhaitait pas, en tout cas pas maintenant, la cuisine était un espace trop confiné. Elle prit son cartable, fila au salon, s'assit à sa place habituelle sur la méridienne. Les quelques dossiers qu'elle disposa sur le sol autour d'elle représentaient une forme de protection. Sans eux, elle n'aurait pas su que faire de ses mains.

Le grondement produit par la valise que Jack traînait à présent dans le couloir, et jusque dans leur chambre, lui fit l'effet d'une ouverture possible. Et d'une insulte. Par habitude elle enleva ses chaussures, puis attrapa un document au hasard. Le guitariste possédait une très agréable villa à Marbella. La chanteuse de variété s'y serait bien vue. Mais il l'avait acquise avant son mariage, concession de sa première épouse à qui il avait abandonné en contrepartie la demeure familiale du centre de Londres. Épouse qui avait elle-même arraché cette villa à son premier mari lors d'un jugement de divorce. Requête irrecevable, conclut machinalement Fiona.

Un craquement du parquet lui fit lever les yeux. Jack marqua un temps d'arrêt à la porte avant d'aller se servir à boire. Il était en jean, dans une chemise blanche en partie déboutonnée qui laissait voir son torse. Se croyait-il si désirable ? Il n'était pas rasé. Même vue de loin, sa barbe de trois jours semblait avoir encore grisonné. Pathétiques, ils étaient tous deux pathétiques. Il se versa un scotch et brandit la bouteille dans sa direction. Elle fit non de la tête. Il haussa les épaules et traversa la pièce jusqu'à son fauteuil. Elle n'était qu'une rabat-joie, incapable de saisir les perches qu'on lui tendait. Il s'assit avec un soupir d'aise. Son fauteuil à lui, sa méridienne à elle, la vie conjugale reprenait. Elle jeta un coup d'œil au document qu'elle avait à la main, la description du monde désirable du guitariste vu par son ex-femme, lecture décourageante. Le silence se prolongea pendant que Jack buvait son scotch, et elle fixa le fond de la pièce, le regard vide.

« Écoute, Fiona, dit-il soudain. Je t'aime. »

Elle mit quelques secondes à répondre.

« Je préférerais que tu dormes dans la chambre d'amis. »

Il baissa la tête en signe d'acquiescement. « Je vais mettre ma valise ailleurs. »

Il ne se leva pas. Ils connaissaient tous deux la vitalité du non-dit, dont les fantômes invisibles dansaient autour d'eux à présent. Elle ne lui avait pas interdit de remettre les pieds dans l'appartement, avait tacitement accepté qu'il y dorme. Il ne lui avait pas encore dit si sa statisticienne l'avait jeté dehors, s'il s'était ravisé, ou bien offert une dose d'extase suffisante pour tenir jusqu'à la tombe. La question du changement de serrure n'avait pas été abordée. Sans doute se demandait-il ce qu'elle faisait dehors si tard. Elle supportait à peine de le voir. Ce qu'il faudrait maintenant, c'était une scène, de celles qui s'étirent sur plusieurs chapitres. Il pourrait y avoir des digressions pleines de rancœur, l'acte de contrition de Jack pourrait être enrobé de griefs, plusieurs mois pourraient s'écouler avant qu'elle le laisse partager son lit, le fantôme de l'autre femme pourrait rôder à jamais entre eux. Mais ils trouveraient sûrement un moyen de revenir, plus ou moins, à ce qu'ils avaient connu.

La perspective des efforts que cela impliquerait, le caractère prévisible du processus l'accablèrent un peu plus. Et pourtant elle y était tenue. Comme à l'écriture d'un ouvrage juridique ennuyeux pour honorer un contrat. Elle se dit qu'elle boirait bien quelque chose après tout, mais cela donnerait un peu trop l'impression de fêter des retrouvailles. Elle était encore loin d'une réconciliation. Surtout, elle ne supporterait pas de l'entendre répéter qu'il l'aimait. Elle avait envie d'être au lit seule, allongée sur le dos dans le noir, de mordre dans un fruit qu'elle laisserait tomber sur le sol avant de s'abandonner au sommeil. Qu'est-ce qui l'en empêchait ? Elle se leva, commença à rassembler ses dossiers, et c'est alors qu'il reprit la parole.

Ce fut pour moitié un torrent d'excuses, d'autojustification pour le reste, qu'elle avait déjà entendu en partie. Le fait qu'il n'était pas immortel, ses années de fidélité absolue, une curiosité irrésistible qu'il voulait rassasier, mais presque aussitôt après son départ ce fameux soir, dès son arrivée chez Melanie, il avait mesuré son erreur. C'était une inconnue, il ne la comprenait pas. Et lorsqu'ils étaient allés dans sa chambre...

Fiona leva la main pour l'arrêter. Elle ne voulait rien savoir de cette chambre. Il s'interrompit, réfléchit et poursuivit. Il était ridicule, il s'en rendait compte, de se laisser gouverner par ses appétits, et aurait dû tourner les talons le soir même, quand Melanie lui avait ouvert sa porte, mais, gêné, il s'était senti obligé d'aller jusqu'au bout.

Son cartable serré contre elle, debout au milieu de la pièce, Fiona l'observait, se demandant comment le faire taire. Et contre toute attente, en pleine scène d'exposition de ce drame conjugal, l'air traditionnel irlandais continuait à lui trotter dans la tête, s'accélérant au rythme des propos de Jack, de manière à la fois mécanique et festive, comme joué par un orgue de Barbarie. Ses émotions se bousculaient, embrouillées par l'épuisement et difficiles à définir tant que les paroles plaintives de son mari se déversaient sur elle. Elle éprouvait quelque chose de moins intense que la fureur ou le ressentiment, mais qui dépassait la simple résignation.

Oui, répéta Jack, à son arrivée chez Melanie, il s'était bêtement cru obligé d'aller jusqu'au bout. « Et plus je me sentais pris au piège, plus je mesurais quel idiot j'étais de mettre en péril tout ce qu'il y a entre nous, tout ce qu'on a construit ensemble, cet amour qui...

— J'ai eu une longue journée, dit-elle en traversant la pièce. Je vais mettre ta valise dans le couloir. »

Elle passa par la cuisine pour prendre sur la table une pomme et une banane dans son sac de courses. Le fait de les avoir à la main en se dirigeant vers la chambre lui remit en mémoire son retour à pied du travail, relative-ment agréable. Le début d'une forme de sérénité. Difficile de se remémorer la sensation exacte. Elle poussa la porte et vit la valise, bien droite sur ses roulettes près du lit. Là, ce qu'elle ressentait depuis le retour de Jack lui apparut clairement. Tellement simple. De la déception qu'il ne soit pas resté là-bas. Encore quelque temps. Rien de plus. De la déception.

4

Elle avait l'impression, que les faits ne corroboraient pourtant pas, qu'à la fin de l'été 2012 en Grande-Bretagne, le nombre de divorces, de séparations, et le désarroi afférent montaient comme une monstrueuse marée d'équinoxe, emportant des familles entières, dispersant les biens et les projets d'avenir, noyant ceux qui ne possédaient pas un instinct de survie suffisamment solide. Les serments d'amour éternel étaient rompus ou réécrits, des compagnons jusque-là faciles à vivre se transformaient en adversaires retors, tapis derrière leur avocat, indifférents au coût financier. On se disputait âprement des objets domestiques auparavant délaissés, la confiance qui était longtemps allée de soi se voyait remplacée par des « arrangements » rédigés avec soin. Dans l'esprit des intéressés, l'histoire de leur couple devenait celle d'un mariage qui devait mal finir, l'amour une illusion trompeuse.

Et les enfants ? Des pièces sur un échiquier, utile monnaie d'échange pour les mères, objets de désintérêt affectif et financier pour les pères ; prétextes à des accusations de maltraitance, qu'elle soit réelle, fantasmée ou cyniquement inventée, souvent par les mères, parfois par les pères ; des gosses ahuris qui faisaient chaque semaine la navette entre deux maisons dans le cadre d'une garde alternée, l'égarement de trousses ou de manteaux dont les avocats rejetaient d'une voix perçante la responsabilité sur la partie adverse ; les mêmes gosses condamnés à ne voir leur père qu'une ou deux fois par mois – ou jamais, puisque les hommes les plus déterminés disparaissaient pour forger une nouvelle union passionnée et engendrer une nouvelle descendance.

Et l'argent ? Les demi-vérités et le code de procédure représentaient la nouvelle unité de compte. Des maris cupides contre des épouses cupides, qui négociaient comme des nations à la fin d'une guerre, arrachant aux ruines toutes les dépouilles possibles avant la capitulation finale. Des hommes qui dissimulaient leurs avoirs sur des comptes à l'étranger, des femmes exigeant qu'on les mette à vie à l'abri du besoin. Des mères qui empêchaient leurs enfants de voir leur père, des pères qui ne versaient pas la pension alimentaire, malgré les ordonnances du juge dans les deux cas. Des maris qui battaient leur femme et leurs gosses, des épouses qui mentaient et crachaient leur venin ; l'une ou l'autre partie, ou les deux, alcooliques, toxicomanes ou psychotiques ; et les enfants, encore et toujours, contraints de s'occuper d'un parent défaillant, des gamins réellement victimes de violences sexuelles, morales, ou les deux, les preuves de ces violences montrées sur écran à la cour. Et, hors de la compétence de Fiona, dans des affaires relevant du droit pénal plutôt que de celui de la famille, d'autres enfants, torturés, affamés, ou battus à mort pour chasser les mauvais esprits lors de rituels animistes ; de jeunes beaux-

146

pères sadiques brisant les os des bébés sous l'œil des mères ; et la drogue, la boisson, les logements d'une saleté repoussante, l'indifférence des voisins frappés de surdité sélective face aux cris, l'absence d'intervention des travailleurs sociaux, négligents ou débordés.

La chambre des affaires familiales avait du travail. Seul le hasard des listings informatiques faisait que Fiona se retrouvait à traiter tant de conflits conjugaux. C'était une pure coïncidence qu'elle-même en vive un. Dans sa spécialité, on envoyait rarement les gens en prison, et pourtant elle se disait, à ses moments perdus, qu'elle aurait bien fait enfermer tous ces individus qui voulaient, au détriment de leurs enfants, une femme plus jeune, un mari plus riche ou moins ennuyeux, une banlieue plus résidentielle, un nouveau partenaire, un nouvel amour, une nouvelle vision du monde, un nouveau départ avant qu'il ne soit trop tard. La simple poursuite du plaisir. Une morale kitsch. Son statut de femme sans enfant et l'état de ses relations avec Jack avaient une incidence sur ces scénarios, et, bien sûr, elle n'y croyait pas elle-même. Malgré tout, elle gardait enfoui au plus profond de son espace mental privé, mais sans le laisser influer sur ses décisions, un mépris puritain pour ces hommes et ces femmes qui détruisaient leur famille et voulaient se convaincre qu'ils agissaient pour le bien de tous. Ses spéculations n'épargnaient pas les individus sans enfant, du moins pas Jack. Des travaux d'intérêt général pour expier le sacrifice de leur couple à l'attrait de la nouveauté ? Pourquoi pas ?

Car depuis son retour, la vie dans l'appartement de Gray's Inn était silencieuse et tendue. Il y avait eu des disputes, durant lesquelles elle avait déversé une partie de son amertume. Douze heures plus tard, ce sentiment était renouvelé avec autant de ferveur que des vœux de mariage, rien ne changeait, rien ne « détendait » l'atmosphère. Elle se sentait toujours trahie. Jack pimentait ses excuses de griefs anciens, lui reprochant de l'avoir mis à l'écart, critiquant sa froideur. Tard un soir, il avait même déclaré qu'elle n'était « pas drôle » et avait perdu « le sens de la fête ». De toutes ses accusations, ce fut celle qui l'atteignit le plus, car elle en percevait la justesse, mais cela ne diminuait en rien sa colère.

Au moins, il ne disait plus qu'il l'aimait. Leur dernier échange en date, dix jours plus tôt, reprenait tous leurs propos antérieurs, chaque mise en cause, chaque réplique, chaque formule-choc longuement ressassée, et très vite ils avaient battu en retraite, fatigués l'un de l'autre comme d'eux-mêmes. Depuis, rien. Ils vaquaient à leurs occupations quotidiennes, remplissaient leurs obligations en deux endroits différents de la ville, et quand ils se retrouvaient confinés dans leur appartement, ils s'appliquaient à ne pas se marcher sur les pieds, tels deux danseurs dans un bal populaire. Lorsqu'il fallait régler un problème domestique, c'était en peu de mots et ils rivalisaient de courtoisie ; ils évitaient de prendre leurs repas ensemble, ne travaillaient pas dans la même pièce, même si chacun était distrait par la conscience douloureuse de la présence radioactive de l'autre derrière le mur. Sans se concerter, ils se dérobaient à toutes les invitations adressées à leurs deux noms. Unique geste de conciliation, elle lui avait donné une nouvelle clé.

Elle déduisit de ses remarques évasives et maussades que la chambre de la statisticienne ne lui avait pas ouvert les portes du paradis. Pas si rassurant, en fait. Il tenterait sûrement sa chance ailleurs, peut-être l'avait-il même déjà fait, libéré cette fois des contraintes affligeantes de l'honnêteté. Ses « cours de géologie » avaient pu constituer un alibi bien pratique. Elle n'avait pas oublié sa promesse de le quitter s'il allait jusqu'au bout avec Melanie. Mais elle n'avait pas le temps d'entamer un processus de séparation aussi vulgaire. Et elle n'avait encore rien décidé, ne se fiait pas à son état d'esprit actuel. Si Jack lui avait donné plus de temps après son départ, elle serait arrivée à une décision claire et se serait appliquée, avec pragmatisme, à mettre un terme à leur existence commune, ou à la reconstruire. Aussi s'absorbait-elle dans son travail comme à son habitude, avec pour objectif de survivre, au jour le jour, au drame feutré de sa demi-vie avec Jack.

Lorsqu'une nièce de celui-ci déposa ses filles pour le week-end, de vraies jumelles de huit ans, les choses devinrent plus faciles, l'appartement parut plus grand puisque leur attention se portait ailleurs. Jack passa deux nuits sur le canapé du salon sans que les jumelles posent de question. C'étaient des fillettes bien élevées, à l'ancienne mode, sérieuses et proches l'une de l'autre, ce qui n'excluait pas une dispute explosive à l'occasion. L'une ou l'autre – on pouvait les distinguer facilement – venait trouver Fiona quand elle lisait, se plantait devant elle et, posant spontanément la main sur le genou de sa tante, donnait libre cours à un flot cristallin d'anecdotes, de réflexions, de rêveries. Fiona racontait à son tour quelques histoires. Par deux fois au cours de leur visite, tandis qu'elle parlait, une bouffée de tendresse pour la jumelle près d'elle lui serra la gorge et lui fit monter les larmes aux yeux. Elle se sentit vieille et ridicule. Se voir rappeler que Jack s'entendait si bien avec les enfants la contraria. Au risque de se faire un tour de reins, comme cela lui était arrivé avec les trois fils du frère de Fiona, il se lança dans des pitreries auxquelles les jumelles se prêtèrent en poussant des cris stridents un peu barbares. Chez elles, jamais leur mère, divorcée contre son gré, ne les lançait ainsi dans les airs. Il les emmena dans le parc pour leur enseigner une forme de cricket excentrique de son invention, et leur raconta à l'heure du coucher un conte interminable, déployant des effets comiques retentissants et un grand talent d'imitateur.

Mais le dimanche soir, une fois les jumelles reparties, les pièces rétrécirent, l'appartement sentait le renfermé, et Jack sortit sans explication – sûrement en signe d'hostilité. Peut-être pour un rendez-vous galant, se dit-elle en rangeant la chambre d'amis pour s'occuper, et empêcher son moral de chuter davantage. Tandis qu'elle remettait les peluches dans leur panier d'osier, récupérait les perles de verre et les dessins abandonnés sous le lit, elle se sentit enveloppée par ce chagrin discret, une forme de nostalgie instantanée, que l'absence soudaine des enfants peut susciter. Ce sentiment se prolongea jusqu'au lundi matin, où il se transforma en une tristesse généralisée qui l'accompagna durant son trajet à pied pour aller travailler. Et ne s'estompa que lorsqu'elle s'assit à son bureau pour préparer sa première affaire de la semaine.

Nigel Pauling avait dû apporter le courrier à un moment ou à un autre, car elle découvrit soudain la pile près d'elle.

À la vue d'une petite enveloppe bleu clair sur le dessus, elle faillit rappeler son greffier pour qu'il l'ouvre. Elle n'était pas d'humeur à lire un nouveau déluge d'insultes mal orthographiées ou des menaces de violences. Elle se replongea dans son travail, mais impossible de se concentrer. L'enveloppe trop petite, l'écriture ronde, l'absence de code postal, le timbre collé de travers : elle avait trop souvent vu cela. Mais quand elle regarda de plus près et remarqua le cachet de la poste, elle eut un doute, soupesa quelques instants l'enveloppe et l'ouvrit. Aussitôt, la formule de début lui donna raison. Elle attendait vaguement cette lettre depuis des semaines. Elle avait parlé à Marina Greene et appris qu'il allait beaucoup mieux, était sorti de l'hôpital, faisait chez lui ses devoirs en retard, devait retourner en cours dans un mois ou deux.

Trois feuilles bleu clair, écrites recto verso, sauf la dernière, d'un seul côté. En haut de la première page, au-dessus de la date, le chiffre sept entouré d'un cercle.

My Lady !
C'est ma septième lettre, et je pense que c'est celle-ci que je vais poster.

Les tout premiers mots du paragraphe suivant avaient été raturés.

Ce sera la plus simple et la plus courte. J'ai juste un événement à vous raconter. Je me rends maintenant compte de son importance. Il a tout changé. Je suis content d'avoir attendu, parce que je n'aimerais pas que vous voyiez les autres lettres.

Trop gênant ! Mais pas autant que les injures dont je vous ai couverte quand Donna est venue m'annoncer votre décision. J'étais sûr que vous partagiez mon point de vue. D'ailleurs, je me souviens exactement de ce que vous m'avez dit, qu'il était évident que je savais ce que je voulais, et je me rappelle vous avoir remerciée. J'étais encore dans tous mes états, en train de vociférer, quand cet horrible spécialiste, Mister « appelez-moi Rodney » Carter, est entré avec une demi-douzaine de soignants et le matériel. Ils croyaient qu'il allait falloir m'immobiliser de force. Mais j'étais trop faible pour que ce soit nécessaire, et malgré ma colère, je savais ce que vous attendiez de moi. J'ai donc tendu le bras et ils ont commencé. À l'idée que le sang de quelqu'un d'autre se mélangeait au mien, j'ai été tellement dégoûté que j'ai vomi partout sur le lit.

Mais ce n'est pas cela que je voulais vous dire. Voilà : comme ma mère ne supportait pas ce spectacle, elle était assise à l'extérieur de ma chambre, je l'entendais pleurer et me sentais vraiment triste. Je ne sais pas à quel moment mon père est arrivé. Je crois que je me suis évanoui quelque temps, et quand j'ai repris connaissance, ils étaient ensemble à mon chevet – ils pleuraient tous deux, et je me suis senti encore plus triste, parce que nous avions tous les trois désobéi à Dieu. Mais le plus important, c'est que je ne me suis pas tout de suite aperçu qu'en fait, ils pleuraient de JOIE *! Ils étaient si heureux, me prenaient dans leurs bras, s'étreignaient, louaient Dieu en sanglotant. J'avais une impression très bizarre, et je n'ai pas pu me l'expliquer avant un ou deux jours. Je n'y pensais même plus. Et soudain tout était clair. Avoir le beurre et l'argent du beurre ! Je n'avais jamais compris ce dicton, et là, si. On a encore l'argent dans une main, et dans l'autre le beurre qu'on* vient d'acheter. Mes parents ont suivi les enseignements de notre Église, obéi aux anciens, fait tout ce qu'il fallait, ils peuvent s'attendre à être accueillis au paradis sur terre – et en même temps, ils peuvent m'avoir vivant, sans qu'aucun de nous ne soit excommunié. Transfusé, mais ce n'est pas notre faute ! C'est celle de cette juge, de ce système athée, de ce que nous appelons parfois « le monde ». Quel soulagement ! Nous avons encore notre fils, même si nous avons dit qu'il devait mourir. Notre fils, l'argent du beurre !

Je n'arrive pas à savoir ce que je dois en penser. Est-ce qu'il s'agit d'une imposture ? Pour moi, ça a représenté un tournant. Je résume. Quand on m'a ramené chez moi, j'ai sorti la bible de ma chambre, symboliquement je l'ai posée à l'envers sur une chaise dans le couloir, j'ai annoncé à mes parents que je ne mettrais plus les pieds dans la Salle du Royaume, et qu'ils pouvaient m'excommunier tant qu'ils le souhaitaient. On a eu des disputes terribles. Mr Crosby est venu tenter de me raisonner. Aucune chance. Je vous ai écrit parce qu'il fallait vraiment que je vous parle, j'ai besoin de votre esprit lucide pour discuter de tout cela. J'ai l'impression que vous m'avez permis de m'approcher d'autre chose, quelque chose de réellement beau et profond, mais je ne sais pas trop ce que c'est. Vous ne m'avez jamais dit en quoi vous croyez, mais j'ai adoré votre visite, lorsque vous êtes restée à mon chevet et que nous avons interprété « The Salley Gardens ». Je lis encore ce poème chaque jour. J'aime bien être « jeune et sans cervelle », et sans vous je ne serais ni l'un ni l'autre : je serais mort ! Je vous ai écrit plein de lettres stupides, je pense sans cesse à vous, je voudrais vraiment vous revoir et parler avec vous. J'échafaude des projets pour nous, de merveilleux rêves impossibles, comme faire le tour du monde ensemble en bateau, on aurait des cabines contiguës, et on se promènerait toute la journée sur le pont en bavardant.

S'il vous plaît répondez-moi, My Lady, juste quelques mots pour dire que vous avez lu cette lettre, et que vous ne m'en voulez pas de l'avoir écrite.

Bien à vous,

Adam Henry

P.-S. : J'ai oublié de dire que je reprends des forces chaque jour.

*

Elle ne répondit pas ou, plutôt, ne posta pas le mot qu'elle avait mis presque une heure à rédiger le soir même. Sa quatrième et ultime version lui avait paru assez amicale, elle s'y réjouissait d'apprendre qu'il était rentré chez lui et se sentait mieux, qu'il gardait un excellent souvenir de cette visite. Elle lui conseillait d'être un bon fils pour ses parents. Il était normal, à l'adolescence, de remettre en cause les croyances avec lesquelles on avait grandi, mais il fallait le faire avec respect. Elle terminait en disant, bien que ce ne fût pas vrai, que l'idée d'un tour du monde en bateau l'avait « titillée ». Elle ajoutait que, dans sa jeunesse, elle avait exactement les mêmes rêves d'évasion que lui. Ce n'était pas vrai non plus, car elle était trop ambitieuse, dès seize ans, trop avide de récolter de bonnes notes en dissertation, pour penser à courir le monde. Ses visites d'adolescente à ses cousines de Newcastle représentaient ses seules aventures. Lorsqu'elle jeta un coup d'œil à sa courte lettre le lendemain matin, ce ne fut pas son caractère amical qui l'impressionna, mais sa froideur, ce conseil de pure forme, ces trois tournures impersonnelles dans la phrase suivante, ce souvenir fabriqué. Elle relut celle d'Adam Henry, et fut à nouveau touchée par son innocence et sa chaleur. Mieux valait ne rien envoyer du tout que le décourager. Si elle changeait d'avis, elle pourrait toujours écrire plus tard.

Le moment approchait où elle serait en déplacement dans plusieurs villes anglaises – où siégeaient autrefois les anciennes cours d'assises – en compagnie d'un autre juge, spécialiste de droit pénal et de droit civil. Elle entendrait des plaignants qui auraient dû, sinon, se rendre au palais de justice de Londres. Elle résiderait dans des logements entretenus à cet effet, des demeures présentant un intérêt historique et architectural avec, dans certains cas, une cave fabuleuse, et une gouvernante qui serait, selon toute vraisemblance, assez bonne cuisinière. La coutume voulait que l'on soit convié à un dîner donné par le shérif, le représentant de la Couronne dans le comté. Puis elle et son collègue rendraient la pareille dans leur résidence sur place, inviteraient les notables et les personnalités intéressantes (il fallait faire la distinction) de la commune. Les chambres étaient bien plus cossues que chez elle, les lits plus larges, le linge de maison plus raffiné. À une époque plus heureuse, il y avait, pour une femme mariée, un plaisir coupable et sensuel à disposer d'une chambre à soi. Là, elle rêvait d'échapper à son pas de deux silencieux et solennel avec Jack. Et la première étape était sa ville anglaise préférée.

Un matin, au début de septembre, une semaine avant d'entreprendre ce voyage, elle reçut une deuxième lettre.

Cette fois, avant même de l'ouvrir, son inquiétude s'accrut, car l'enveloppe avait été posée sur le paillasson du couloir devant chez elle, avec les prospectus et une facture d'électricité. Pas d'adresse, seulement son nom. Assez facile, pour Adam Henry, d'attendre à l'extérieur du palais de justice sur le Strand, ou dans Carey Street, et de la suivre à distance.

Jack était déjà parti travailler. Elle emporta la lettre dans la cuisine et s'assit devant ce qui restait de son petit déjeuner.

My Lady,

Je ne sais même plus ce que j'ai pu écrire, parce que je n'ai pas gardé le double, mais ce n'est pas grave que vous n'ayez pas répondu. Il faut pourtant que je vous parle. Voici les dernières nouvelles : grosses disputes avec mes parents, formidable de retourner au lycée, je me sens mieux, je suis heureux, puis triste, puis heureux à nouveau. Parfois, penser que j'ai le sang d'un inconnu dans le corps me donne la nausée, comme si j'avalais la salive de quelqu'un. Ou pire. Impossible de me débarrasser de l'idée que les transfusions sont quelque chose de mal, mais maintenant je m'en moque. J'ai tellement de questions à vous poser, mais je ne suis même pas sûr que vous vous souveniez encore de moi. Vous avez dû voir passer des dizaines d'affaires comme la mienne, prendre des tonnes de décisions concernant d'autres personnes. Je suis jaloux ! Je voulais vous parler dans la rue, m'approcher et vous donner une petite tape sur l'épaule. Je n'ai pas osé, parce que je suis un lâche. J'ai eu peur que vous ne me reconnaissiez pas. Vous n'êtes pas non plus obligée de répondre à cette lettre – façon de dire que

j'espère que vous le ferez. S'il vous plaît ne vous inquiétez pas,
je ne veux pas vous harceler ni quoi que ce soit. J'ai juste
l'impression que le sommet de mon crâne a explosé. Des tas de
choses en sortent !
Amicalement,

Adam Henry

Aussitôt, elle envoya un e-mail à Marina Greene pour
lui demander si elle pourrait trouver le temps, dans le cadre
d'un suivi de routine, d'aller voir l'adolescent, puis de lui
rendre compte de la visite. En fin de journée, la réponse
arriva. Marina avait rencontré Adam l'après-midi même au
lycée, où il commençait un trimestre de rattrapage pour
passer ses examens avant Noël. Elle était restée une demi-
heure avec lui. Il avait repris du poids et des couleurs. Il était
enjoué, voire « drôle et taquin ». Il avait des ennuis chez lui,
essentiellement des désaccords d'ordre religieux avec ses
parents, mais rien d'inhabituel selon elle. En privé, le provi-
seur lui avait dit qu'Adam avait bien travaillé à sa sortie
de l'hôpital pour rattraper son retard. Ses professeurs trouvaient qu'il remettait des devoirs excellents. Bonne participation en cours, aucun problème de comportement. Tout
compte fait, les choses se terminaient bien. Rassurée, Fiona
décida de ne pas lui répondre.

Une semaine plus tard, le lundi matin où elle devait
partir pour le nord-est de l'Angleterre, se produisit un
minuscule frémissement le long de la ligne de fracture
conjugale, un mouvement presque aussi imperceptible que
la dérive des continents. Aucune parole ne fut prononcée, il
passa inaperçu. Plus tard, dans le train, en y réfléchissant, ce

moment lui parut à cheval sur la réalité et l'imaginaire. Pouvait-elle se fier à sa mémoire ? Elle était entrée dans la cuisine à sept heures et demie. Debout près du plan de travail, dos à elle, Jack versait des grains de café dans le moulin. Elle avait laissé sa valise dans le couloir et ne pensait qu'à remettre la main sur quelques documents. Comme d'habitude, elle appréhendait de se retrouver confinée dans la même pièce que lui. Elle récupéra un foulard sur le dossier d'une chaise et partit poursuivre ses recherches dans le salon.

Quelques minutes plus tard, elle réapparut. Jack sortait un pichet de lait du four à micro-ondes. Ils étaient très difficiles pour leur café du matin et leurs goûts respectifs s'étaient rapprochés au fil des ans. Ils l'aimaient bien fort, dans de grandes tasses blanches à bord fin, filtré à partir de grains colombiens de première qualité, avec du lait chaud mais pas bouillant. Toujours le dos tourné, il versa du lait dans son café, puis se retourna la tasse à la main, vaguement levée dans la direction de Fiona. Rien dans son expression ne suggérait qu'il la lui tendait, et elle ne fit aucun signe de tête pour accepter ou refuser. Leurs regards se croisèrent brièvement. Puis il posa la tasse sur la table en pin, et la poussa de deux ou trois centimètres vers elle. En soi, cela n'avait pas forcément de signification, car dans leur application à s'éviter, ils mettaient un point d'honneur à rester courtois, comme si c'était à qui se montrerait le plus raisonnable, le plus exempt de rancœurs. Préparer du café rien que pour soi aurait été inconcevable. Mais il y a plusieurs façons de poser une tasse sur une table, du claquement péremptoire de la porcelaine sur le bois, jusqu'à l'installation en douceur, sans un bruit, de même qu'il y a plusieurs façons d'accepter une tasse de café, ce qu'elle fit calmement, au ralenti, et après la première gorgée elle ne se releva pas, du moins pas immédiatement, comme elle aurait pu le faire n'importe quel autre matin. Quelques secondes s'écoulèrent en silence, puis il apparut qu'ils n'iraient pas plus loin, que ce moment représentait déjà beaucoup et que toute autre tentative risquait d'être dommageable. Il se détourna d'elle pour sortir une seconde tasse, elle se détourna de lui pour aller chercher quelque chose dans la chambre. Ils se déplaçaient un peu plus lentement que d'habitude, voire à contrecœur.

En début d'après-midi, elle était à Newcastle. Un chauffeur posté près de l'accès au quai l'emmena au tribunal du quartier Quayside. Nigel Pauling l'attendait devant l'entrée réservée aux juges et la conduisit à son cabinet. Il était venu de Londres en voiture dès le matin, avec les dossiers et la robe de juge de Fiona – sa tenue des grands jours, disait-il –, car elle serait amenée à jouer le rôle non seulement de juge aux affaires familiales, mais aussi, pour l'occasion, de présidente du tribunal de grande instance. Le greffier en chef du tribunal entra lui souhaiter poliment la bienvenue, suivi par le greffier d'audience, et ensemble ils passèrent en revue les affaires prévues pour les jours suivants.

Il restait quelques problèmes mineurs à régler, et elle ne put partir qu'après seize heures. Les bulletins météo annonçaient une dépression en provenance du sud-ouest pour le début de la soirée. Elle demanda au chauffeur de l'attendre et flâna sur le vaste quai au bord de l'eau, sous le Tyne Bridge et le long de Sandhill, longea les terrasses des nouveaux cafés, les compositions florales au pied des bâtiments commerciaux à façade néoclassique. Elle gravit l'escalier menant à Castle Garth et s'arrêta pour contempler la rivière en contrebas. Elle aimait bien ces enchevêtrements de fonte exubérants, ce mélange postindustriel de verre et d'acier, ces anciens entrepôts tirés de la décrépitude qui s'inventaient une nouvelle jeunesse avec les bars et les *coffee shops*. Elle avait une histoire commune avec Newcastle et s'y sentait à l'aise. Adolescente, pendant les rechutes de la maladie de sa mère, elle était venue plusieurs fois séjourner chez ses cousines préférées. Son oncle Fred, un dentiste, était l'homme le plus riche qu'elle ait connu. Sa tante Simone enseignait le français dans un lycée. Un agréable désordre régnait dans la maison, une libération après l'intérieur étouffant et encaustiqué de sa mère à Finchley. Ses deux cousines joyeuses et délurées, à peu près du même âge qu'elle, l'entraînaient le soir dans des expéditions terrifiantes, incluant des boissons alcoolisées et quatre musiciens passionnés aux cheveux jusqu'à la taille et aux moustaches tombantes, qui avaient l'air de débauchés, mais se révélèrent d'une grande gentillesse. Ses parents auraient été stupéfiés et consternés d'apprendre que, dans certains clubs, on voyait beaucoup leur fille de seize ans si studieuse, qu'elle buvait des cherry-brandys et des rhums-Coca, et venait de s'offrir son premier amant. Dans le sillage de ses cousines, c'était une groupie fidèle, apprentie technicienne pour un blues-band sous-équipé et mal payé, qui aidait à charger des amplis et des batteries à l'arrière d'une camionnette rouillée toujours en panne. Elle accordait souvent les guitares. Son émancipation devait beaucoup au fait que ses visites étaient peu fréquentes et ne duraient jamais plus de trois semaines. Fût-elle restée plus longtemps – possibilité qui ne s'était pas présentée –, peut-être l'aurait-on laissée chanter le blues. Et peut-être aurait-elle épousé Keith, le leader du groupe, joueur d'harmonica au bras atrophié, devant lequel elle était en adoration.

L'année de ses dix-huit ans, l'oncle Fred s'installa dans le sud de l'Angleterre, et la liaison avec Keith se termina dans les larmes, par quelques poèmes d'amour qu'elle n'envoya pas. Jamais plus elle ne ferait ainsi l'expérience du risque et de la fête, qui restait dans son esprit indissociable de Newcastle. Et n'aurait pu être reproduite à Londres, siège de ses ambitions professionnelles. Au fil des ans, elle était retournée dans le Nord-Est sous divers prétextes, et quatre fois en tant que juge itinérante. Elle se réjouissait toujours autant d'apercevoir en approchant de la ville le Tyne Bridge de Stephenson, puis, comme l'adolescente enthousiaste d'autrefois, de descendre du train sous les trois immenses voûtes de la gare Newcastle Central, dues à John Dobson, et de sortir par l'extravagante porte cochère néoclassique de Thomas Prosser. C'était son oncle dentiste, qui venait la chercher au volant de sa Jaguar verte, avec ses cousines piaffant d'impatience à l'arrière, qui lui avait appris à apprécier la gare et les trésors architecturaux de la ville. Jamais elle n'avait oublié cette impression de se retrouver à l'étranger, dans une cité de la Baltique curieusement fière et optimiste. L'air était plus vif, la lumière d'un gris ample et luminescent, les habitants sympathiques, mais susceptibles, orgueilleux, ou pratiquant l'autodérision tels les acteurs d'une comédie. Comparé au leur, son accent du Sud lui semblait guindé et affecté. Si, comme le prétendait Jack, la géologie avait façonné la diversité de tempérament des Britanniques et celle de leurs destinées, alors les gens du cru étaient en granit, elle en calcaire blanc et friable. Mais toute à sa passion d'adolescente pour la ville, pour ses cousines, pour le blues-band et pour son premier amour, elle croyait pouvoir changer, devenir plus authentique, plus réelle, une vraie fille de Newcastle, une « Geordie ». Des années plus tard, le souvenir de cette ambition la faisait encore sourire. Elle continuait pourtant à la hanter chaque fois qu'elle revenait, cette vague envie de se renouveler, de se découvrir des potentialités inexploitées en changeant de vie, même à l'approche de son soixantième anniversaire.

*

La voiture dans laquelle elle se calait confortablement était une Bentley des années soixante, sa destination, Leadman Hall, nichée à un kilomètre et demi de là au milieu d'un parc, dans lequel elle pénétrait à présent en franchissant les grilles du domaine. Bientôt elle longea un terrain de cricket, puis une allée de hêtres déjà agités par le vent qui se levait, puis un lac noyé dans la végétation. La demeure de style palladien, récemment repeinte d'un blanc trop éclatant, mettait ses douze chambres et ses neuf domestiques à la disposition des deux juges itinérants. Pevsner avait bien voulu ajouter l'orangerie, mais rien de plus. Seule une anomalie administrative avait protégé Leadman Hall des coupes budgétaires, mais la partie touchait à sa fin, c'était la dernière année que la demeure accueillait des magistrats. Louée quelques semaines par an à une famille locale, propriétaire historique de plusieurs mines de charbon, elle servait surtout de centre de conférences et de décor pour les mariages. Son terrain de golf, ses courts de tennis et sa piscine en plein air chauffée apparaissaient désormais comme un luxe excessif pour des juges de passage et surchargés de travail. Dès l'année suivante, une société de taxis fournirait une Vauxhall spacieuse pour remplacer la Bentley. L'hébergement se ferait dans un hôtel du centre de Newcastle. Les juges itinérants chargés des affaires pénales, parfois amenés à prononcer de lourdes peines de prison contre des délinquants locaux aux familles redoutables, préféraient l'isolement du magnifique domaine. Mais personne ne pouvait plaider la cause de Leadman Hall sans avoir l'air de défendre ses propres intérêts.

Pauling attendait avec la gouvernante sur le gravier devant l'entrée principale. Pour cet ultime séjour, il tenait à mettre les formes. Il s'approcha de la portière arrière en s'inclinant ostensiblement et en claquant des talons. Comme d'habitude, la gouvernante était nouvelle. Celle-ci, une jeune Polonaise d'une vingtaine d'années au plus, estima Fiona, avait néanmoins un regard franc et direct, et s'empara d'une main ferme de la plus grande valise avant que Pauling ait le temps de réagir. Côte à côte, le greffier et la gouvernante conduisirent Fiona à la chambre du premier étage qu'elle considérait comme la sienne. Elle était située en façade, avec trois hautes fenêtres ouvrant sur l'allée de hêtres, et en partie sur le lac entouré d'herbes folles. Jouxtant cette pièce immense, un salon avec un secrétaire. La salle de bains, toutefois, se trouvait dans le couloir, et il

163

fallait descendre trois marches moquettées pour y accéder. La dernière fois qu'on avait modernisé Leadman Hall, la prolifération généralisée des sanitaires et des douches n'avait pas encore commencé.

La tempête s'abattit lorsqu'elle revint après son bain. En peignoir devant la fenêtre du milieu, elle regarda les nuages de pluie, énormes masses fantomatiques, balayer les prés qui restèrent invisibles quelques secondes. Elle vit la plus haute branche d'un hêtre tout proche se casser net et entamer sa chute, se redresser soudain et se balancer, retenue par les branches inférieures avant de plonger à nouveau, de se prendre dans le feuillage, puis, libérée par le vent, de se fracasser dans l'allée. Le crissement du gravier sous la pluie battante était presque couvert par le tumulte qui émanait des gouttières fatiguées. Elle alluma et commença à s'habiller. Elle avait déjà dix minutes de retard pour l'apéritif dans le grand salon.

Quatre hommes en costume sombre et cravate, chacun avec un gin tonic à la main, se turent et se levèrent de leur fauteuil à son entrée. Un serveur en veste blanche amidonnée lui prépara son cocktail pendant que Caradoc Ball, son collègue du tribunal de grande instance, en charge des affaires pénales, la présentait aux invités, un professeur de jurisprudence, un chef d'entreprise spécialisé dans la fibre optique, et un haut fonctionnaire responsable de la protection du littoral. Tous étaient des relations de Ball. Elle-même n'avait lancé aucune invitation pour cette première soirée. Suivit l'échange obligatoire sur la violence de la tempête. Puis une digression sur le fait que les gens de plus de cinquante ans, ainsi que tous les Américains, vivaient encore dans le monde des degrés Fahrenheit. Une autre sur les journaux britanniques qui, pour optimiser leur impact, parlaient des vagues de froid en degrés Celsius et de la canicule en degrés Fahrenheit. Pendant ce temps-là, Fiona se demandait pourquoi le serveur penché sur la desserte à l'angle de la pièce était si long. Il lui apporta son verre au moment où chacun évoquait ses souvenirs du passage au système décimal.

Elle savait déjà, de la bouche même de l'intéressé, que Ball était à Newcastle pour rejuger une affaire de meurtre dans laquelle un homme était accusé d'avoir frappé sa mère à mort chez elle, parce qu'elle maltraitait son plus jeune enfant, la demi-sœur du prévenu. On n'avait pas retrouvé l'arme du crime et les tests ADN n'étaient pas concluants. D'après la défense, cette femme avait été tuée par un rôdeur. On avait ajourné le procès lorsqu'on avait découvert qu'un juré révélait aux autres des informations obtenues sur Internet via son téléphone. Il avait trouvé un article d'un tabloïd, vieux de cinq ans, sur une précédente condamnation du prévenu pour voies de fait. À l'ère du tout-numérique, il fallait faire quelque chose pour « clarifier » la mission des jurés. Le professeur de jurisprudence avait récemment soumis une proposition à la commission des lois, et c'était sans doute là-dessus que portait la conversation interrompue par l'arrivée de Fiona. Elle reprit. Le chef d'entreprise demanda comment on pouvait empêcher des jurés d'effectuer des recherches chez eux, ou de confier ce soin à un membre de leur famille. Relativement simple, répondit le professeur. Les jurés feraient eux-mêmes la police. Ils seraient obligés, pour ne pas risquer une peine de prison, de donner le nom de toute personne diffusant des informations dont la cour n'aurait pas eu connaissance. Deux ans au maximum pour l'auteur, six mois pour ceux qui ne signaleraient pas l'infraction. La commission livrerait ses conclusions l'année suivante.

Au même instant, le majordome vint les inviter à passer à table. Même s'il pouvait difficilement avoir plus d'une trentaine d'années, son visage était d'une pâleur livide, comme poudré. Blanc comme un cachet d'aspirine, avait-elle un jour entendu dire en France par une femme de la campagne. Mais il ne semblait pas malade, à en juger par sa froideur impersonnelle et son assurance. Tandis qu'il restait un peu en retrait, légèrement courbé et attentif, ils finirent leurs verres et, Fiona en tête, gagnèrent la salle à manger par une porte à deux battants. La table, qui aurait pu accueillir trente convives, était dressée pour cinq personnes à l'une de ses extrémités. Les murs lambrissés, peints en orange presque fluorescent, s'ornaient à intervalles réguliers de flamants roses réalisés au pochoir. Le petit groupe se trouvait à présent tout au nord dans la demeure, où les rafales de vent ébranlaient les trois fenêtres à guillotine. Il faisait froid et humide. Un bouquet poussiéreux de fleurs séchées occupait l'intérieur de la cheminée. Le majordome expliqua que celle-ci était condamnée depuis des années, mais qu'il allait apporter un radiateur électrique. Ils discutèrent du plan de table et, après quelques hésitations, il fut entendu que dans un souci de symétrie, Fiona devait présider.

Jusque-là, elle avait à peine ouvert la bouche. Le majordome livide fit le tour des convives pour leur proposer du vin blanc. Deux serveurs apportèrent une terrine de maquereau et des toasts. Juste à la droite de Fiona se trouvait Charlie, l'expert en protection du littoral, la cinquantaine, bien en chair, chauve et avenant. Pendant que les trois autres poursuivaient leur conversation sur les jurés, il la questionna poliment sur son métier. Résignée à parler de tout et de rien comme il se devait, elle évoqua en termes très généraux la chambre des affaires familiales. Mais Charlie souhaitait en savoir plus. Quel genre d'affaires jugerait-elle le lendemain? Elle préféra se concentrer sur une seule. Un responsable local des services sociaux demandait le placement de deux enfants, un garçon de deux ans et une fillette de quatre ans. La mère était alcoolique et droguée aux amphétamines. Elle connaissait des épisodes psychotiques au cours desquels elle se croyait espionnée par les ampoules électriques. Elle n'était plus capable de s'occuper d'elle-même ni de ses enfants. Le père, dont elle était séparée, venait de réapparaître pour affirmer que sa compagne et lui pouvaient prendre les enfants à leur charge. Lui aussi avait des problèmes de drogue, ainsi qu'un casier judiciaire, mais il avait également des droits. Une assistante sociale se prononcerait le lendemain devant la cour sur sa capacité à jouer son rôle de parent. Les grands-parents maternels adoraient leurs petits-enfants et avaient l'autorité requise, mais aucun droit sur eux. Le responsable des services sociaux, dont l'action avait été critiquée dans un rapport officiel, s'opposait aux grands-parents pour des raisons qui n'apparaissaient pas encore clairement. Les trois parties – la mère, le père et les grands-parents – se déchiraient. Complication supplémentaire, des avis contradictoires sur la fillette de quatre ans. Un pédiatre expert affirmait qu'elle souffrait de retard mental ; un autre, consulté par les grands-parents, pensait que même perturbée par le comportement de sa mère, et d'une maigreur pathologique faute de repas réguliers, elle se développait normalement.

Il y avait beaucoup d'autres affaires de ce type prévues au cours de la semaine, dit Fiona. Charlie porta la main à son front et ferma les yeux. Quel gâchis ! S'il était appelé le lendemain matin à prendre une décision sur une seule de ces affaires, il resterait debout toute la nuit à se ronger les ongles et à vider le bar du salon. Elle lui demanda ce qu'il faisait là. Il venait de Whitehall pour convaincre un groupe d'agriculteurs du littoral d'unir leurs efforts à ceux des écologistes locaux en laissant la mer recouvrir leurs pâturages pour qu'ils redeviennent des marais salants. C'était de loin la meilleure protection, et la moins chère, contre les inondations, une bénédiction pour la faune, surtout les oiseaux, ainsi que pour le tourisme local. Mais il y avait une forte opposition dans certains milieux agricoles, même si les exploitants devaient être dédommagés. Toute la journée il s'était fait huer dans diverses réunions. Des rumeurs couraient sur le caractère obligatoire du projet. On refusait de le croire quand il assurait qu'il ne l'était pas. On le voyait comme un représentant du gouvernement, et les agriculteurs avaient quantité d'autres sujets de mécontentement, qui ne relevaient toutefois pas de sa compétence. Il s'était fait bousculer dans un couloir. Un homme « deux fois plus jeune et deux fois plus fort » l'avait attrapé par le revers de sa veste, marmonnant avec l'accent du cru quelque chose qu'il n'avait pas compris. Tant mieux. Le lendemain, il renouvellerait ses tentatives. Il finirait sûrement par faire valoir son point de vue.

Eh bien elle, ça lui rappelait un des cercles de l'enfer, et elle choisissait sans hésiter les mères psychotiques. Alors qu'ils en riaient encore, ils s'aperçurent que les trois autres avaient terminé leur conversation et les écoutaient.

Caradoc Ball, dont Charlie était un ancien camarade de classe, déclara : « J'espère que tu as conscience d'avoir en face de toi une magistrate distinguée. Tu te souviens sûrement de l'affaire des frères siamois. »

Tout le monde s'en souvenait, et tandis qu'on changeait leurs assiettes pour leur servir du bœuf en croûte et du château-latour, ils parlèrent de cette fameuse affaire et lui posèrent de nombreuses questions. Elle leur expliqua tout ce qu'ils voulaient savoir. Chacun avait son opinion, mais puisque c'était la même, la discussion s'orienta rapidement sur l'intérêt que la presse avait porté à cette histoire et sur la concurrence entre quotidiens. De là, il n'y avait qu'un pas à faire pour échanger les dernières révélations dans l'affaire Leveson. Ils finirent le bœuf en croûte. Pour le dessert, à en croire le menu, ce serait une part de diplomate. Encore quelques minutes, songea Fiona, et ils se disputeraient à propos du refus de l'Occident d'intervenir militairement en Syrie. Caradoc était intarissable sur le sujet. De fait, il venait de l'aborder quand ils entendirent des voix dans le couloir. Pauling et le majordome au visage livide apparurent à la porte, puis s'approchèrent de Fiona.

L'air contrarié, le majordome resta à l'écart pendant que Pauling, après s'être excusé d'un signe de tête auprès des convives, se penchait pour chuchoter à l'oreille de Fiona :

« Désolé de vous interrompre, My Lady, mais il y a un problème qui requiert immédiatement votre attention. »

Elle tamponna ses lèvres avec sa serviette de table et se leva. « Excusez-moi, messieurs. »

Impassibles, ils se levèrent eux aussi tandis qu'elle traversait la pièce, précédant le greffier et le majordome. Une fois dans le couloir, elle dit à ce dernier : « Nous attendons toujours le radiateur électrique.

— Je vais tout de suite le chercher. »

Il y eut quelque chose de péremptoire dans la façon dont il tourna les talons, et elle interrogea son greffier du regard.

« Il est comme ça », se borna-t-il à répondre.

Elle le suivit de l'autre côté du couloir dans l'ancienne bibliothèque. Les rayonnages étaient emplis de livres d'occasion, de ceux que certains hôtels achètent au mètre pour donner du cachet à l'établissement.

« C'est ce jeune Témoin de Jéhovah, Adam Henry, reprit Pauling. Vous vous souvenez, l'affaire des transfusions sanguines ? Il semble vous avoir suivie jusqu'ici. Il a marché sous la pluie, il est absolument trempé. Le personnel voulait le jeter dehors, mais j'ai pensé qu'il fallait d'abord vous prévenir.

— Où est-il, actuellement ?

— Dans la cuisine. Il y fait plus chaud.

— Amenez-le-moi. »

Sitôt Pauling parti, elle se leva et fit lentement le tour de la pièce, consciente que son cœur battait plus vite. Si elle avait répondu à ses lettres, elle ne se retrouverait pas à affronter ça. À affronter quoi ? Son implication inutile dans une affaire désormais close. Et ce n'était pas tout. Mais elle n'eut pas le temps de s'appesantir. Elle entendit un bruit de pas.

La porte s'ouvrit et Pauling fit entrer l'adolescent. Elle ne l'avait jamais vu hors de son lit et fut surprise par sa haute taille, plus d'un mètre quatre-vingts. Il portait l'uniforme de son lycée, pantalon de flanelle grise, pull gris, chemise blanche, blazer bon marché, le tout complètement détrempé, et les cheveux en bataille à force de les avoir frottés pour tenter de les sécher. Il avait un petit sac à dos informe à la main. Détail touchant, une serviette-éponge de Leadman Hall, avec des impressions représentant les sites naturels de la région, lui recouvrait les épaules pour lui tenir chaud.

Le greffier attendit dans l'embrasure de la porte pendant qu'il avançait de quelques pas et s'arrêtait devant Fiona. « Je suis sincèrement désolé », dit-il.

Durant ces premiers instants, Fiona trouva plus facile de masquer son trouble derrière un ton maternel. « Vous avez l'air gelé. Autant demander qu'on apporte ce radiateur ici.

— Je vais l'apporter moi-même, proposa Pauling, et il sortit.

— Bon, poursuivit-elle après un silence. Comment diable m'avez-vous trouvée ? »

Encore une dérobade, de demander comment plutôt que pourquoi, mais à ce stade, alors qu'elle était encore sous le choc, elle n'avait pas envie de savoir ce qu'il attendait d'elle.

Son récit fut concis. « Je vous ai suivie en taxi jusqu'à King's Cross, j'ai pris le même train que vous, sans savoir où vous descendriez, ce qui m'a obligé à acheter un billet pour Édimbourg. À Newcastle, je suis sorti de la gare juste après vous, j'ai couru derrière votre limousine, puis je l'ai perdue, alors j'ai tenté ma chance et demandé à quelqu'un où se trouvait le tribunal. En arrivant, j'ai reconnu la voiture. »

Elle l'observa pendant qu'il parlait, mesurant la transformation. Plus aussi maigre, mais encore mince. Les épaules et les bras plus solides. Le même visage long aux traits délicats, son grain de beauté devenu presque invisible sur sa pommette hâlée de jeune homme en bonne santé. De simples traces des cernes violets sous ses yeux. Des lèvres charnues et humides, des yeux trop sombres sous cette lumière pour en distinguer la couleur. Même quand il tentait de s'excuser, il paraissait trop éclatant, trop affamé pour la minutie de ses explications. Lorsqu'il détourna le regard afin de se concentrer pour retrouver le fil des événements, elle se demanda s'il avait ce que sa mère aurait appelé un visage démodé. Une idée absurde. Celle que tout le monde se faisait du poète romantique, un cousin de Keats ou de Shelley.

« J'ai attendu vraiment longtemps, puis vous êtes sortie et je vous ai suivie à travers la ville, je suis redescendu vers la rivière, vous ai vue remonter dans cette voiture. Il m'a fallu plus d'une heure, mais j'ai fini par trouver sur mon téléphone un site avec l'endroit où logent les juges, alors j'ai fait du stop, on m'a déposé sur la route, j'ai escaladé le mur pour éviter de passer devant la maison du gardien et j'ai remonté l'allée sous la pluie. J'ai attendu une éternité derrière la maison, près des vieilles écuries, me demandant quoi faire, et puis quelqu'un m'a vu. Je suis vraiment désolé. Je... »

Pauling, tout rouge et l'air irrité, entra avec le radiateur. Peut-être avait-il fallu l'arracher au majordome. Ils le regardèrent se mettre à quatre pattes avec un grognement, disparaître en partie sous une desserte pour atteindre la prise. Après s'être remis debout, il prit le jeune homme par les épaules et l'orienta vers le flot d'air chaud. Avant de ressortir, il dit à Fiona : « Je reste dans le couloir. »

Quand ils furent seuls, Fiona demanda : « Ne pourrais-je pas trouver vaguement angoissant que vous m'ayez suivie jusqu'à chez moi, et maintenant jusqu'ici ?

— Oh non ! S'il vous plaît, ne le prenez pas comme ça. Ce n'est pas ça. » Il pivota sur lui-même avec un mouvement d'impatience, comme pour chercher une explication inscrite quelque part dans la pièce. « Écoutez, vous m'avez sauvé la vie. Et ce n'est pas tout. Mon père a voulu m'empêcher de le voir, mais j'ai lu votre jugement. Vous disiez que vous vouliez me protéger de ma religion. Eh bien vous avez réussi. Je suis sauvé ! »

Il rit de sa propre plaisanterie.

« Je ne vous ai pas sauvé pour que vous me traquiez à travers tout le pays », répliqua Fiona.

Au même instant, dilaté par la chaleur, un composant du radiateur avait dû atteindre l'orbite du ventilateur, car un claquement régulier résonna dans la pièce. Il s'intensifia, diminua, se stabilisa. Elle sentit monter son agacement contre tout l'établissement. Surfait. Vétuste. Comment ne s'en était-elle pas aperçue plus tôt ?

Ce moment passa. « Vos parents savent où vous êtes ?

— J'ai dix-huit ans. Je peux aller où je veux.

— Je me moque de l'âge que vous avez. Ils vont s'inquiéter. »

Avec un soupir d'adolescent exaspéré, il posa son sac à dos par terre. « Écoutez, My Lady…

— Ça suffit. Appelez-moi Fiona. » Dès lors qu'elle pouvait le remettre à sa place, elle se sentait mieux.

« Il n'y avait aucune ironie de ma part.

— Parfait. Comment vont vos parents ?

— Hier, j'ai eu une énorme dispute avec mon père. On en a eu un certain nombre depuis ma sortie de l'hôpital, mais celle-là était vraiment grave, on criait tous les deux, et je lui ai dit tout ce que je pensais de sa religion débile, même s'il ne m'écoutait pas. À la fin, j'ai quitté la pièce. Je suis monté dans ma chambre, j'ai fait mon sac, pris mes économies et dit au revoir à ma mère. Puis je suis parti.

— Il faut appeler votre mère immédiatement.

— Pas besoin. Je lui ai envoyé un texto hier soir de l'endroit où j'étais.

— Envoyez-lui-en un autre. »

Il la dévisagea, à la fois surpris et déçu.

« Allez. Dites-lui que vous êtes en sécurité, que vous vous plaisez à Newcastle et que vous redonnerez des nouvelles demain. Après on parlera. »

Elle s'éloigna de quelques pas et regarda ses longs pouces danser sur le clavier virtuel. Quelques secondes plus tard, le téléphone était de retour dans sa poche.

« Voilà. » Il lui jeta un coup d'œil plein d'espoir, comme si c'était à elle de se justifier.

Elle croisa les bras. « Pourquoi êtes-vous là, Adam ? »

Les yeux soudain dans le vague, il hésita. Il ne le lui dirait pas, du moins pas directement.

«Écoutez, je ne suis plus le même. Quand vous êtes venue me voir, j'étais vraiment prêt à mourir. C'est incroyable que quelqu'un comme vous ait pu perdre son temps avec moi. J'étais tellement bête!»

Elle désigna deux chaises de bois près d'une table ovale en noyer et ils s'y assirent l'un en face de l'autre. Le plafonnier, une pseudo-roue de charrette en bois taché, fabriquée en usine, avec quatre ampoules basse consommation, projetait d'un côté un halo blafard. Il soulignait les contours des pommettes et des lèvres de l'adolescent, mettait en relief les deux fines lignes de son sillon naso-labial. C'était un beau visage.

«Jamais je ne vous ai trouvé bête.

— Pourtant je l'étais. Dès que les médecins et les infirmières essayaient de me faire changer d'avis, je me sentais plus ou moins noble et héroïque en leur disant de me laisser tranquille. J'étais pur, j'étais bon. Ça me plaisait qu'ils ne puissent pas comprendre la profondeur de mon intelligence. J'avais la grosse tête. J'aimais bien que mes parents et les anciens soient fiers de moi. La nuit, quand il n'y avait plus personne, je répétais la vidéo que j'allais tourner, comme les auteurs d'attentats-suicides. Je comptais la faire avec mon portable. Je voulais que ça passe au journal télévisé et à mes obsèques. J'en pleurais dans le noir, d'imaginer l'arrivée de mon cercueil devant mes parents, mes copains de classe, mes professeurs, toute la congrégation, les fleurs, les couronnes, la musique triste, tout le monde en sanglots, tout le monde fier de moi, plein d'amour pour moi. Honnêtement, j'étais un imbécile.

— Et où était Dieu ?

— Derrière tout ça. C'était à ses consignes que j'obéissais. Mais il y avait surtout cette aventure délicieuse que je vivais, le fait que j'allais avoir une belle mort et qu'on m'adorerait. Une fille de mon lycée est devenue anorexique il y a trois ans, quand elle avait quinze ans. Elle rêvait de maigrir jusqu'à n'être plus rien – comme une feuille morte portée par le vent, voilà ce qu'elle disait –, de disparaître doucement dans la mort, et tout le monde la prendrait en pitié et se reprocherait ensuite de ne pas l'avoir comprise. Même genre de chose. »

À présent qu'il était assis, elle le revoyait à l'hôpital, adossé à ses oreillers au milieu de son fouillis d'adolescent. Ce n'était pas sa fragilité qui lui revenait, c'était son enthousiasme, son innocence et sa vulnérabilité. Même le mot « anorexie » sonnait dans sa bouche comme une promenade insouciante. Il avait sorti de sa poche une étroite bande de tissu vert, peut-être un lambeau de doublure, qu'il tripotait et entortillait autour de son pouce et de son index tel un chapelet.

« Donc ce n'était pas tant une affaire de religion. Plutôt de sentiments. »

Il leva les bras au ciel. « Mes sentiments venaient de ma religion. J'accomplissais la volonté de Dieu, vous et tous les autres étiez totalement dans l'erreur. Comment aurais-je pu me fourrer dans un tel pétrin sans être Témoin de Jéhovah ?

— Apparemment, votre copine anorexique y est arrivée.

— Oui, bon, en fait l'anorexie et la religion, c'est un peu pareil. »

Devant l'air sceptique de Fiona, il improvisa. « Oh, vous savez bien, l'envie de souffrir, l'amour de la douleur et du sacrifice, la conviction que tout le monde vous regarde et s'inquiète pour vous, que l'univers entier tourne autour de vous. Et de votre poids ! »

Elle ne put s'empêcher de rire de cette arrière-pensée pleine d'autodérision, accompagnée d'une grimace. Il sourit à son tour, d'avoir contre toute attente réussi à l'amuser.

Ils entendirent des voix et des pas dans le couloir, quand les convives quittèrent la salle à manger et passèrent au salon pour le café. Puis un rire saccadé, pareil à un aboiement, près de la porte de la bibliothèque. L'adolescent se raidit en prévision d'une éventuelle interruption et ils restèrent assis en silence avec des mines de conspirateurs, attendant que tout ce bruit s'estompe. Adam contemplait ses mains jointes sur le bois ciré de la table. Fiona s'interrogea sur toutes les heures de son enfance et de son adolescence qu'il avait consacrées à la prière, aux cantiques, aux sermons et à diverses contraintes qu'elle ne connaîtrait jamais ; sur cette communauté solidaire et attentionnée qui l'avait soutenu, presque au point de le tuer.

« Je vous repose la question, Adam. Pourquoi êtes-vous là ?

— Pour vous remercier.

— Il y a des moyens plus faciles. »

Il remit sa bande de tissu dans sa poche avec un soupir agacé. L'espace d'un instant, elle crut qu'il s'apprêtait à partir.

« Votre visite a été une des meilleures choses qui me soient arrivées. » Puis, à toute vitesse : « La religion de mes parents était un poison, et vous avez été l'antidote.

— Je ne me rappelle pas avoir critiqué la foi de vos parents.

— Non, en effet. Vous étiez calme, vous écoutiez, vous posiez des questions, vous faisiez quelques commentaires. C'était le principal. Ce don que vous avez. Il a eu un effet. Vous n'aviez pas besoin de critiquer. Votre façon de penser et de vous exprimer suffisait. Si vous ne comprenez pas ce que je veux dire, allez écouter nos anciens. Et quand on a interprété notre chant…

— Vous jouez toujours du violon ? »

Il acquiesça de la tête.

« Et vous écrivez des poèmes ?

— Des tas. Mais je déteste ceux d'avant.

— En tout cas vous avez du talent. Je sais que vous en écrirez de merveilleux. »

La consternation se lut dans les yeux d'Adam. Elle devenait plus distante, jouait la tante pleine de sollicitude. Elle revint au précédent sujet de conversation, se demandant pourquoi elle était si soucieuse de ne pas le décevoir.

« Vos professeurs devaient pourtant être très différents des anciens de votre Église. »

Il haussa les épaules. « Je n'en sais rien. » En guise d'explication, il ajouta : « Le lycée était immense.

— Et quel est ce don que je suis censée posséder ? » Elle avait parlé avec gravité, sans laisser filtrer la moindre ironie.

Il ne parut pas gêné par sa question. « Quand j'ai vu mes parents en larmes, vraiment en larmes, pleurant et criant plus ou moins de bonheur, tout s'est écroulé. Mais justement. La vérité est apparue. Bien sûr qu'ils ne voulaient pas que je meure! Ils m'aiment. Pourquoi ne l'ont-ils pas dit, au lieu de disserter sur les joies du paradis? C'est là que j'ai compris ce que ça avait d'humain et d'ordinaire. Et de bon. Absolument rien à voir avec Dieu. C'était ridicule. Comme si un adulte avait débarqué dans une pièce pleine de gosses en train de se faire souffrir, et leur avait dit *Allez, arrêtez-moi toutes ces bêtises, c'est l'heure du goûter!* L'adulte, c'était vous. Vous saviez tout depuis le début, mais vous ne le disiez pas. Vous vous contentiez de poser des questions et d'écouter. "Tout ce que la vie et l'amour ont à lui offrir" : voilà ce que vous avez écrit dans votre jugement. C'est ça, votre don. Et ma révélation. Depuis "The Salley Gardens". »

Toujours avec la même gravité, elle déclara : « Le sommet de votre crâne a bel et bien explosé. »

Il éclata de rire, ravi qu'elle le cite à son tour. « Fiona, j'arrive presque à jouer un morceau de Bach sans fausse note. Et aussi le thème musical de *Coronation Street*. Je suis en train de lire les *Dream Songs* de Berryman. Je suis dans une pièce de théâtre et je dois passer tous mes examens avant Noël. Et grâce à vous, j'ai du Yeats plein la tête !

— Oui », dit-elle doucement.

En appui sur ses coudes, il se pencha vers elle, ses yeux sombres étincelant dans cette lumière affreuse, son visage semblant trembler d'impatience, en proie à un appétit insoutenable.

Elle réfléchit quelques instants. « Attendez là », murmura-t-elle.

Elle se leva, hésita, parut sur le point de changer d'avis et de se rasseoir. Mais tourna finalement les talons, traversa la pièce, sortit dans le couloir. Un peu plus loin, Pauling feignait de s'intéresser au contenu du livre d'or, posé sur une table à plateau de marbre. À voix basse, elle lui donna quelques consignes, retourna dans la bibliothèque et ferma la porte derrière elle.

Adam avait enlevé la serviette-éponge qui recouvrait ses épaules, et il examinait les impressions représentant les sites touristiques des alentours.

« Jamais entendu parler d'aucun de ces endroits, dit-il quand elle revint s'asseoir.

— Il y a beaucoup à découvrir. »

Une fois les effets de cette interruption dissipés, elle reprit : « Donc vous avez perdu la foi. »

Il sembla mal à l'aise. « Oui, peut-être. Difficile à dire. Je crois que j'ai peur de l'avouer à voix haute. Je ne sais pas trop où j'en suis. En fait, quand on commence à prendre ses distances avec les Témoins de Jéhovah, autant aller jusqu'au bout. Pourquoi remplacer la petite souris par une autre croyance ?

— Peut-être avons-nous tous besoin de la petite souris ? »

Il lui sourit avec indulgence. « Vous ne croyez pas ce que vous dites. »

Elle succomba à son habitude de résumer le point de vue d'autrui. « Vous avez vu vos parents pleurer et vous êtes perturbé, parce que vous devinez que leur amour pour vous est plus fort que leur foi en Dieu et en l'au-delà. Vous avez besoin de vous éloigner. Parfaitement normal chez quelqu'un de votre âge. Peut-être irez-vous à l'université. Cela vous aidera. Mais je ne comprends toujours pas ce que vous faites là. Ni, plus important, ce que vous projetez. Vous comptez aller où ? »

Cette dernière question le troubla davantage. « J'ai une tante à Birmingham. La sœur de ma mère. Elle m'accueillera bien une semaine ou deux.

— Elle vous attend ?

— Plus ou moins. »

Alors qu'elle s'apprêtait à exiger qu'il envoie un nouveau texto, il tendit la main en travers de la table, et aussitôt elle retira la sienne et la mit sur ses genoux.

Il ne supportait pas de la regarder pendant qu'il parlait, ni qu'elle-même le regarde. Il porta ses mains à son front, en visière.

« J'ai une question à vous poser. Quand vous l'entendrez, vous la trouverez ridicule. Mais s'il vous plaît, ne refusez pas catégoriquement. S'il vous plaît, dites que vous allez réfléchir.

— Oui ? »

Il s'adressa au plateau de la table. « Je veux venir habiter chez vous. »

Elle attendit la suite. Jamais elle n'aurait imaginé pareille requête. Mais à présent, cela paraissait une évidence.

Il se refusait toujours à croiser son regard. Il parlait vite, comme gêné par sa propre voix. Il avait réfléchi à tout. « Je pourrais vous aider, faire le ménage, les courses. Et vous pourriez me donner des listes de lecture, enfin, de tout ce que je devrais savoir, selon vous, sur… »

Il l'avait suivie à travers le pays, dans les rues, avait essuyé une tempête pour lui poser cette question. C'était le prolongement logique de son rêve de faire un long voyage en mer avec elle, de pouvoir discuter toute la journée en se promenant sur le pont d'un bateau. Logique, et fou. Et innocent. Le silence s'installa autour d'eux et les emprisonna. Même le claquement du radiateur parut s'assourdir, et aucun son ne parvenait de l'extérieur de la pièce. Il continuait à lui cacher son visage. Elle contempla ses cheveux bruns aux boucles exubérantes, qui avaient fini de sécher et brillaient.

« Vous savez bien que c'est impossible, répondit-elle tout bas.

— Je ne serai pas dans vos jambes, enfin, ni dans les vôtres ni dans celles de votre mari. » Il finit par enlever les mains de son front et la regarda droit dans les yeux. « Comme une sorte de locataire, vous savez. Quand j'aurai passé mes examens, je pourrai trouver un emploi et vous verser un loyer. »

Elle revit la chambre d'amis et ses lits jumeaux, les animaux en peluche dans leur panier d'osier, le placard à jouets tellement rempli que l'une des portes ne fermait pas. Prise d'une quinte de toux, elle se leva, alla jusqu'à la fenêtre au fond de la pièce et scruta ostensiblement l'obscurité. Enfin, sans se retourner, elle dit : « Nous n'avons qu'une chambre d'amis, et beaucoup de neveux et nièces.

— Vous voulez dire que c'est votre seule objection ? »

On frappa à la porte et Pauling entra. « Il sera là dans deux minutes, My Lady », déclara-t-il, et il ressortit.

Elle s'éloigna de la fenêtre, revint vers Adam, se baissa pour ramasser son sac à dos.

« Mon greffier va vous emmener en taxi, d'abord à la

gare où il vous achètera un billet pour aller à Birmingham demain matin, puis il vous déposera dans un hôtel à proximité. »

Après un silence, il se leva et récupéra son sac à dos. Malgré sa haute taille, il ressemblait à un petit enfant ahuri.

« Donc on en reste là ?

— J'aimerais que vous me promettiez de contacter à nouveau votre mère avant de prendre le train. Dites-lui où vous allez. »

Il ne répondit pas. Elle lui ouvrit la porte et ils sortirent dans le couloir. Personne en vue. Caradoc Ball et ses invités étaient installés au salon, portes closes. Elle laissa Adam devant la bibliothèque, le temps de monter dans sa chambre chercher de l'argent dans son sac à main. En redescendant, elle découvrit la scène depuis le haut du grand escalier. La porte d'entrée était ouverte et le majordome s'entretenait avec le chauffeur du taxi. Derrière lui, au pied du porche, se trouvait la voiture d'où s'échappaient, par la portière ouverte, des flots de musique arabe enjouée. Nigel Pauling traversait précipitamment le hall, sans doute pour empêcher le majordome de faire un esclandre. Quant à Adam Henry, il attendait à l'entrée de la bibliothèque, serrant son sac à dos contre sa poitrine. Lorsqu'elle le rejoignit, le majordome, le chauffeur de taxi et le greffier étaient en grande discussion dehors près de la voiture, pour trouver un hôtel convenable, espéra-t-elle.

« Mais on n'a même pas… » Fiona fit taire l'adolescent d'un geste.

« Il faut y aller. »

Avec délicatesse, elle saisit le revers de sa veste et l'attira vers elle. Son premier mouvement fut de l'embrasser sur la joue, mais tandis qu'elle se hissait sur la pointe des pieds et qu'il se penchait légèrement, leurs visages se rapprochèrent, il tourna la tête et leurs lèvres se touchèrent. Elle aurait pu reculer, faire aussitôt un pas de côté. Au lieu de quoi elle resta sur place, désarmée. Cette sensation, peau contre peau, occultait toute possibilité de choix. S'il était possible de s'embrasser chastement sur la bouche, c'est ce qu'elle fit. Un contact fugace, mais plus que la simple idée d'un baiser, plus que celui d'une mère à son fils adulte. Deux secondes au plus, trois peut-être. Assez longtemps pour percevoir, dans la douceur de ses lèvres souples, toutes les années, une vie entière, qui la séparaient de lui. Alors qu'ils s'écartaient l'un de l'autre, un simple effleurement aurait pu les faire s'embrasser à nouveau. Mais des bruits de pas se rapprochaient sur le gravier, puis sur les marches du porche. Elle lâcha le revers de sa veste et répéta :

« Il faut y aller. »

Il prit son sac à dos, qu'il avait laissé tomber par terre, traversa le hall derrière elle et sortit dans la fraîcheur de l'air nocturne. Au pied des marches, le chauffeur lui fit un salut amical et ouvrit la portière arrière du taxi. La musique s'était tue. Fiona comptait donner de l'argent liquide à Adam, mais changeant soudain d'avis sans raison, elle tendit les billets à Pauling. Il accepta la mince liasse avec un hochement de tête et une grimace. D'un brusque mouvement d'épaule, Adam parut se libérer de leur présence à tous et se courba pour s'asseoir sur la banquette arrière, son sac à dos sur les genoux, les yeux dans le vague. Regrettant déjà ce qu'elle avait amorcé, Fiona fit le tour de la voiture pour échanger un dernier regard avec lui. Il en eut sûrement conscience, mais détourna la tête. Pauling monta à l'avant près du chauffeur. Le majordome ferma la portière d'Adam d'un revers de main, comme pour se débarrasser de lui. Le dos voûté, Fiona se pressa de gravir les marches fissurées, tandis que le taxi s'éloignait.

5

Elle quitta Newcastle après une semaine de jugements prononcés, ou différés pour cause de pièces manquantes, laissant les parties en présence satisfaites ou dépitées avec, pour certaines, la maigre consolation de pouvoir faire appel. Dans l'affaire qu'elle avait décrite à Charlie lors de ce fameux dîner, elle avait confié la garde des enfants aux grands-parents et autorisé une rencontre hebdomadaire avec le père et la mère, séparément et sous surveillance, une nouvelle comparution étant prévue six mois plus tard. À cette date, le magistrat qui siégerait à sa place bénéficierait d'un rapport évaluant le bien-être des enfants, l'engagement des parents à participer à un programme de sevrage et l'état mental de la mère. La fillette continuerait à fréquenter son école primaire anglicane, où elle était bien suivie. Dans ce cas précis, Fiona trouvait exemplaire l'attitude des services locaux d'aide à l'enfance.

Le vendredi en fin d'après-midi, elle avait pris congé des fonctionnaires du tribunal. Le samedi matin, à Leadman Hall, Pauling chargea dans le coffre de la voiture plusieurs cartons de documents et la robe de juge sur un cintre. Une fois leurs bagages personnels entassés sur la banquette arrière et Fiona installée à l'avant, ils partirent vers l'ouest pour Carlisle, franchissant le col de la Tyne et traversant l'Angleterre en largeur, entre les monts Cheviot au nord et la chaîne des Pennines au sud. Mais les drames de la géologie et de l'histoire étaient éclipsés par la circulation automobile, son intensité, ses heures de pointe et sa signalétique routière, qui formataient les îles Britanniques.

Pris dans un bouchon à Hexham, ils roulaient au pas, et Fiona, son portable à la main, pensait, comme à chaque moment de répit durant toute la semaine écoulée, à ce baiser. Quelle sottise, de ne pas l'avoir évité! Une folie, sur le plan professionnel comme social. Dans ses souvenirs, la durée du contact réel, peau contre peau, avait tendance à s'allonger. Puis elle tentait de le ramener à un petit baiser anodin sur la bouche. Mais il enflait à nouveau, jusqu'à ce qu'elle ne sache plus de quoi il retournait, ce qui s'était passé, ni combien de temps elle avait risqué le déshonneur. Caradoc Ball aurait pu sortir à tout moment dans le couloir. Pis, un de ses invités, non tenu par l'esprit de corps, aurait pu la voir et en parler à la terre entière. Après sa conversation avec le chauffeur de taxi, Pauling aurait pu revenir à l'intérieur et la surprendre. Alors cette distance patiemment trouvée entre eux, et qui rendait son travail possible, aurait été détruite.

Peu sujette aux coups de folie, elle ne comprenait pas son propre comportement. Elle se rendait compte de tout ce qu'il lui restait à affronter dans ce mélange de sentiments troubles, mais pour l'heure, c'étaient l'horreur de ce qui aurait pu advenir, la transgression ridicule et honteuse de la déontologie qui la préoccupaient. L'ignominie dont elle était peut-être entièrement responsable. Difficile de croire que personne ne l'avait vue, qu'elle quittait la scène du crime sans être inquiétée. Plus facile de croire que la vérité, aussi dure et sombre qu'une graine amère, était sur le point d'éclater : qu'on l'avait observée à son insu. Qu'à cet instant même, à des kilomètres de là, à Londres on discutait de son cas. Qu'un jour prochain, elle entendrait à l'autre bout du fil la voix hésitante et gênée d'un collègue plus âgé. *Ah, Fiona, écoute, affreusement désolé, mais je crois qu'il faut que je t'avertisse, euh, il y a eu des révélations.* Puis qu'à Gray's Inn l'attendrait un courrier officiel du magistrat chargé des enquêtes disciplinaires.

Elle appuya sur deux touches de son portable pour appeler son mari. Pour fuir un baiser, elle courait se réfugier dans son statut d'épouse bien considérée, bien installée. Elle donna ce coup de fil sans réfléchir, par habitude, à peine consciente de l'état de ses relations avec Jack. Lorsqu'elle entendit son « Allô » hésitant, le bruit de fond lui indiqua qu'il se trouvait dans la cuisine. La radio était allumée, Poulenc peut-être. Le samedi matin, ils prenaient toujours – avaient toujours pris – un petit déjeuner paresseux, mais matinal, des journaux partout, Radio 3 en sourdine, du café, un pain aux raisins de chez Lamb's dans Conduit Street, passé au four. Jack devait être dans sa robe de chambre en cachemire. Pas rasé, les cheveux en désordre.

D'un ton neutre et prudent, il lui demanda si elle allait bien. Quand elle répondit « Très bien », elle n'en revint pas que sa voix soit si normale. Elle se mit spontanément à improviser alors que Pauling, avec un soupir satisfait, trouvait un raccourci pour sortir des embouteillages. Il pouvait paraître tout à fait naturel de rappeler à Jack, en bonne maîtresse de maison, la date de son retour à la fin du mois, et tout aussi normal – du moins ça l'était à une époque – de suggérer que ce soir-là, ils devraient aller dîner ensemble au restaurant. Le restaurant qu'ils aimaient bien près de chez eux était souvent complet longtemps à l'avance. Peut-être Jack pourrait-il réserver dès à présent. Il reconnut que c'était une bonne idée. Elle l'entendit étouffer la surprise dans sa voix, naviguer adroitement entre chaleur et froideur. Il lui redemanda si elle allait bien. Il la connaissait trop, et à l'évidence elle n'allait pas si bien que cela. Avec une légère insistance, elle dit que oui, absolument. Ils échangèrent quelques mots sur leurs activités respectives. La conversation se termina sur un « Au revoir » indécis de Jack, presque une question.

Mais cela avait marché. Elle avait quitté les rêveries paranoïaques pour la réalité d'un projet commun, d'une date, de l'amélioration de ses rapports avec son mari. Elle se sentait mieux protégée et plus raisonnable. Si une plainte avait été déposée contre elle, elle en aurait déjà entendu parler. Bonne chose, d'avoir téléphoné et utilisé ce moment indéfinissable du petit déjeuner pour faire avancer les choses. Elle devait garder à l'esprit que le monde n'était jamais identique à la vision angoissée qu'elle en avait. Une heure plus tard, lorsque la voiture entra lentement dans Carlisle par l'A69 embouteillée, elle se concentrait sur ses dossiers.

Ainsi, deux semaines plus tard, ayant terminé son périple et rendu la justice dans quatre autres villes du nord du pays, se retrouva-t-elle assise en face de son mari, à une table tranquille dans un angle du restaurant Clerkenwell. Ils avaient commandé une bouteille de vin, mais la buvaient avec circonspection. Pas question de précipiter le retour à une intimité antérieure. Ils se gardaient d'aborder le sujet qui aurait pu les détruire. Jack s'adressait à elle avec mille précautions, comme si elle était une sorte de bombe qui risquait d'exploser au milieu d'une phrase. Elle le questionna sur son travail, sur son livre consacré à Virgile, une anthologie établie et présentée par ses soins, un manuel « universel » pour les lycées et les universités qui, croyait-il de manière touchante, ferait sa fortune. Un peu nerveuse, elle posait une question après l'autre, consciente de ressembler à une intervieweuse. Elle espérait l'observer avec la même curiosité que la première fois, voir sa part d'étrangeté comme des années auparavant, lorsqu'elle était tombée amoureuse de lui. Pas facile. Sa voix, ses traits lui étaient aussi familiers que les siens. Son visage avait une expression fruste, traquée. Séduisant, bien sûr, mais pas pour elle dans l'immédiat. Et pourvu que ses mains, posées sur la table près de son verre, n'aillent pas prendre l'une des siennes.

Vers la fin du repas, lorsqu'ils eurent épuisé les sujets les plus anodins, le silence menaça. Leur appétit envolé, ils n'avaient pas touché à leurs desserts ni bu la moitié du vin. Les récriminations mutuelles qu'ils taisaient les tourmentaient. Elle n'avait pas oublié l'affront de son escapade ; ni lui, sans doute, sa susceptibilité exacerbée. Il entreprit alors de lui raconter une conférence de géologie à laquelle il s'était rendu la veille au soir. Le conférencier avait démontré qu'on pouvait lire, comme à livre ouvert, l'histoire de la planète dans l'empilement des strates de roches sédimentaires. Pour terminer, il s'était autorisé quelques spéculations. Dans cent millions d'années, quand la majeure partie des océans aurait disparu sous l'écorce terrestre, qu'il n'y aurait plus assez de gaz carbonique pour assurer la survie de la flore et que la surface du globe ne serait plus qu'un désert rocheux sans vie, quelles traces de notre civilisation un géologue extraterrestre de passage découvrirait-il ? À un ou deux mètres sous terre, une épaisse ligne sombre dans la roche nous distinguerait de ce qui nous avait précédés. Condensés dans cette couche fuligineuse, haute d'une quinzaine de centimètres, nos villes, nos véhicules, nos routes, nos ponts, nos armes. Et toutes sortes de composés chimiques jusque-là absents de l'histoire géologique. Le béton et la brique s'effriteraient aussi facilement que le calcaire. De notre acier le plus pur ne subsisteraient que des taches de rouille. Un examen au microscope révélerait sans doute la présence prépondérante de pollen issu des mornes prairies créées par l'homme, pour nourrir des troupeaux de bétail gigantesques. Avec un peu de chance, le géologue tomberait sur quelques ossements fossilisés, peut-être même les nôtres. Mais ceux des animaux sauvages, poissons compris, représenteraient à peine un dixième de ceux des vaches et des moutons. Il devrait en conclure qu'il s'agissait là du début d'une extinction massive, entraînant déjà une raréfaction de la biodiversité.

Jack parlait depuis cinq minutes. Il l'oppressait avec le poids de ce temps absurdement long. Ce désert inimaginable des années, cette fin inéluctable, le fascinait. Pas elle. La morosité s'installait autour d'elle. Elle en sentait la lourdeur sur ses épaules et jusque dans ses jambes. Elle prit sa serviette restée sur ses genoux, puis la posa sur la table en signe de capitulation et se leva.

«Voila quelle sera notre signature dans l'histoire géologique, disait-il, songeur.

— Je crois qu'on devrait demander l'addition», répondit-elle avant de se diriger vers les toilettes. Debout devant le miroir, les yeux fermés, son peigne à la main au cas où quelqu'un entrerait, elle prit lentement plusieurs inspirations.

Le dégel ne fut ni rapide ni linéaire. Au début, ce fut un soulagement de ne plus s'éviter délibérément dans l'appartement, de ne plus faire assaut de politesses dans une atmosphère pesante. Ils prenaient leurs repas ensemble, se remettaient à accepter des invitations à dîner, discutaient à nouveau – de leur travail essentiellement. Mais Jack dormait encore dans la chambre d'amis, et il retourna sur le canapé du salon quand leur neveu de dix-neuf ans séjourna chez eux.

Fin octobre. Le passage à l'heure d'hiver annonça la dernière longueur d'une année épuisante, et l'obscurité gagna progressivement du terrain. Durant quelques semaines, une nouvelle période de stase entre elle et Jack lui parut presque aussi étouffante que la précédente. Mais elle était trop occupée, et trop fatiguée le soir pour entreprendre ces conversations éprouvantes qui pourraient leur permettre de passer à l'étape suivante. En plus de sa charge de travail habituelle au palais de justice, elle présidait une commission de réflexion sur les nouvelles procédures judiciaires et siégeait dans une autre, nommée pour répondre au livre blanc sur la réforme du droit de la famille. Si elle en avait l'énergie après le dîner, elle se mettait au piano en prévision de ses répétitions avec Mark Berner. Jack, tout aussi occupé, remplaçait un collègue malade à l'université, et s'absorbait chez eux dans la rédaction de la longue présentation de son ouvrage sur Virgile.

Berner et elle venaient d'être informés, par l'avocat qui organisait les festivités de Noël à Great Hall, qu'ils avaient été choisis pour ouvrir le concert. Ils ne devaient pas se produire plus de vingt minutes, avec cinq minutes de rappel au maximum. Assez pour leur choix de mélodies des *Nuits d'été* de Berlioz et pour un chant des *Rückert-Lieder* de Mahler : « Je me suis retiré du monde ». La chorale de Gray's Inn interpréterait Bach et Monteverdi, suivie par un quatuor à cordes qui jouerait Haydn. Une minorité substantielle des juristes de Gray's Inn passaient chaque année de nombreuses soirées à écouter avec une attention religieuse, les sourcils froncés, de la musique de chambre à Wigmore Hall, dans le quartier de Marylebone. Ils connaissaient par cœur le répertoire. On les disait capables d'anticiper les fausses notes. À Great Hall, même si un apéritif serait servi auparavant et que l'atmosphère générale serait plutôt bienveillante, la barre était terriblement haute pour des amateurs. Fiona se réveillait parfois à l'aube et se demandait si elle serait de taille, si elle ne pourrait pas trouver un prétexte pour déclarer forfait. Elle avait l'impression de manquer de concentration, et le Mahler était difficile. Une telle langueur, une telle retenue. Elle se sentirait mise à nu. Et la fascination germanique pour la mort la mettait mal à l'aise. Mais Mark brûlait de chanter en public. Deux ans plus tôt, il s'était séparé de son épouse. Selon Sherwood

Runcie, il avait une nouvelle femme dans sa vie. Fiona devinait qu'elle serait dans la salle et que Mark était impatient de l'impressionner. Il lui avait même demandé d'apprendre les morceaux par cœur. Totalement au-dessus de ses forces, lui avait-elle répondu. Seuls leurs trois ou quatre rappels étaient gravés dans sa mémoire.

À la fin du mois d'octobre, elle trouva dans son courrier du matin au palais de justice une enveloppe d'un bleu familier. Pauling était dans la pièce à ce moment-là. Pour masquer son émotion, mélange d'impatience et d'appréhension, elle s'approcha de la fenêtre avec la lettre et feignit de s'intéresser à la cour intérieure. Après le départ de Pauling, elle sortit de l'enveloppe une simple feuille de papier pliée en quatre, déchirée en bas, avec un poème inachevé au recto. Le titre, en majuscules, était souligné deux fois. Malgré la petitesse de l'écriture, le poème occupait toute la page. Pas de lettre d'accompagnement. Elle jeta un coup d'œil à la première strophe, ne la comprit pas et mit la feuille de côté. Une demi-heure plus tard, elle s'attaquerait à une difficile affaire de divorce, une succession de demandes principales et reconventionnelles qui allait occuper quinze jours de son existence. Les deux parties entendaient rester immensément riches aux frais de l'ex-conjoint. L'heure n'était pas à la poésie.

Deux jours s'écoulèrent avant qu'elle ne rouvre l'enveloppe. Il était vingt-deux heures. Jack assistait à une nouvelle conférence sur les roches sédimentaires, avait-il dit, et elle préférait le croire. Elle s'installa sur sa méridienne et déplia sur ses genoux la feuille déchirée. À première vue, le poème lui rappela les vers de mirliton des cartes d'anniversaire. Puis elle s'efforça de se montrer plus réceptive. C'était une ballade, après tout, et le poète n'avait que dix-huit ans.

LA BALLADE D'ADAM HENRY

Je pris ma croix de bois, la traînai vers la grève.
J'étais jeune et sans cervelle et troublé par un rêve
Où seuls les idiots s'infligeaient un tel fardeau.
Mais l'on m'avait inculqué telles règles, tel credo.

Lourde comme le plomb la croix brisait mon corps,
Ma vie pieuse était aride, et moi presque mort,
La rivière et le soleil dansaient en gaie farandole,
Mais moi je marchais toujours, les yeux rivés au sol.

Chatoyante et colorée, jaillit soudain une truite.
Une traîne argentée scintillait à sa suite.
« Dans les flots jette ta croix, si tu veux la liberté ! »
Et mon fardeau je noyai sous un arbre de Judée.

À genoux sur la rive, par l'extase me fis prendre
Lorsque sur mon épaule elle posa un baiser tendre.
Mais elle plongea à jamais vers les froides profondeurs,
Quand sonnèrent les trompettes je n'étais plus que pleurs.

Jésus surgit hors de l'eau, et voici ce qu'Il me dit :
« En cette truite parlait Satan, à toi d'en payer le prix.
C'était le baiser de Judas, qui a trahi le Christ.
Que celui

Que celui quoi ? Les derniers mots de la strophe finale se perdaient dans un enchevêtrement de lignes entourant une fin possible, des mots raturés, puis récrits, des variantes suivies d'un point d'interrogation. Plutôt que d'essayer de déchiffrer ces gribouillis, elle relut le poème, puis elle s'allongea, les yeux fermés. Perturbée qu'il soit si en colère, et lui donne le rôle de Satan, elle imagina une réponse, tout en sachant qu'elle ne la posterait jamais, ne l'écrirait même pas. Son premier mouvement fut de l'apaiser autant que de se justifier. Elle ne trouva que des phrases toutes faites. *J'étais obligée de t'éloigner. C'était dans ton intérêt. Tu es jeune, tu as la vie devant toi.* Puis, avec davantage de cohérence : *Même si nous avions une chambre libre, tu ne pourrais pas être notre locataire. Ce genre de choses est impossible pour une juge.* Elle ajouta : *Adam, je ne suis pas Judas. Une vieille truite, peut-être...* Ces derniers mots pour éclairer un peu sa volonté féroce d'autojustification.

Son « baiser tendre » était imprudent et, à l'évidence, Adam Henry ne la laisserait pas s'en tirer si facilement. Mais ce fut par gentillesse qu'elle décida de ne pas lui envoyer de lettre. Il répondrait par retour du courrier, frapperait à sa porte, et elle serait obligée de lui demander une nouvelle fois de partir. Elle replia la feuille, la glissa dans l'enveloppe, l'emporta dans sa chambre et la rangea dans le tiroir de sa table de chevet. Il passerait rapidement à autre chose. Ou bien il était revenu à la religion, ou bien Judas, Jésus et le reste n'étaient que des procédés poétiques pour dramatiser sa conduite inexcusable : l'embrasser avant de le mettre dans un taxi. Quoi qu'il en soit, il avait toutes les chances de réussir brillamment à ses examens trop longtemps retardés, et d'aller dans une bonne université. Elle disparaîtrait de ses pensées, deviendrait un personnage

mineur à mesure qu'il avancerait dans son éducation senti-
mentale.

*

Ils se trouvaient dans une petite pièce du sous-sol, juste
en dessous du cabinet de Mark Berner. Personne ne se
rappelait comment un piano droit Grotrian-Steinweg était
arrivé là, personne ne l'avait réclamé en vingt-cinq ans, personne n'avait envie de le déménager. Il y avait des éraflures
et des brûlures de cigarettes sur le couvercle, mais c'était
un bon instrument, aux sonorités veloutées. Dehors, il
gelait, et les premiers centimètres de neige de la saison
apportaient leur touche pittoresque à Gray's Inn Square.
Là, dans ce qu'ils appelaient tous deux la salle de répétition,
aucun radiateur, mais quelques-unes des antiques canali-
sations victoriennes fixées à un mur émettaient une faible
chaleur constante qui, par chance, maintenait le piano
accordé. Le revêtement de sol des années soixante se résumait à plusieurs bandes de velours côtelé couvert de taches
de café, collées à même le béton. Désormais elles se redres-
saient dans les coins, rebelles. Facile de trébucher. La
lumière aveuglante provenait d'une ampoule de cent cinquante watts vissée dans le plafond bas. Mark avait un
temps envisagé de se procurer un abat-jour. Hormis le
pupitre et le tabouret du piano, l'unique meuble était une
frêle chaise de cuisine, sur laquelle ils entassaient leurs manteaux et leurs écharpes.
   Assise face au clavier, les mains jointes sur ses genoux
pour se réchauffer, Fiona contemplait la partition devant

elle, *Les Nuits d'été*, dans un arrangement pour piano et voix. Quelque part dans son salon se trouvait un vieil enregistrement sur vinyle, réalisé par Kiri Te Kanawa. Elle ne l'avait pas vu depuis des années. Et il ne leur servirait plus à grand-chose. Ils devaient se mettre au travail d'urgence, n'ayant pu répéter que deux fois jusqu'à présent. Mais Mark avait plaidé la veille, il était encore indigné et tenait à lui expliquer pourquoi. Et à lui parler de ses projets, car il comptait quitter le barreau. Il en avait assez. Trop triste, trop bête, trop de jeunes vies gâchées. Menace connue, jamais suivie d'effets, mais assise là à grelotter, Fiona se sentit obligée d'écouter. Malgré tout, elle ne pouvait s'empêcher de parcourir l'ouverture, la « Villanelle », de s'arrêter sur les accords doucement répétés, la pulsation rapide des demi-soupirs, ou bien d'imaginer la mélodie suave, ou encore de traduire mot à mot en anglais les deux premiers vers de Gautier :

Quand viendra la saison nouvelle,
Quand auront disparu les grands froids…

L'affaire plaidée par Berner portait sur une bagarre entre deux groupes de quatre jeunes gens qui s'étaient croisés par hasard, à la sortie d'un pub près de Tower Bridge. Ils avaient bu tous les huit. Seuls les quatre premiers avaient été arrêtés et faisaient l'objet d'une plainte. Les jurés les avaient déclarés coupables de coups et blessures volontaires et avaient suivi la thèse du procureur : il s'agissait de violences en réunion, et sans tenir compte des actes de chacun il fallait leur infliger le même traitement. Tous complices.

Après le verdict des jurés, prononcé une semaine avant la sentence, le juge de Southwark, Christopher Cranham, avait informé les prévenus qu'ils devaient s'attendre à de lourdes peines de prison. À ce stade, inquiets, des proches de Wayne Gallagher, l'un des quatre jeunes gens, s'étaient adressés à Mark Berner. Ils avaient organisé une collecte auprès de la famille et des amis, et, grâce à un judicieux appel aux dons en ligne, avaient réuni les vingt mille livres nécessaires. Leur espoir était qu'un avocat de renom puisse invoquer des circonstances atténuantes avant que Gallagher soit condamné. Un avocat commis d'office parfaitement compétent avait été remercié, même si l'assistant chargé de l'affaire avait été maintenu.

Le client de Berner, un jeune homme de vingt-trois ans originaire de Dalston, plutôt rêveur, avait pour principal défaut une certaine passivité. Ainsi que l'incapacité à se présenter à l'heure à un rendez-vous. Sa mère était alcoolique et toxicomane ; son père, souffrant de problèmes similaires, avait été absent pendant presque toute son enfance, marquée par l'instabilité et le manque d'attention. Il aimait sa mère et, insistait-il, elle l'aimait aussi. Elle ne l'avait jamais frappé. Il avait passé une bonne partie de son adolescence à prendre soin d'elle, d'où son absentéisme scolaire. Il avait quitté l'école à seize ans, occupé des emplois non qualifiés – plumé des poulets en usine, travaillé comme manœuvre dans un entrepôt, distribué des tracts publicitaires dans les boîtes aux lettres. Il ne s'était jamais inscrit au chômage, n'avait jamais demandé d'allocation logement. Cinq ans plus tôt, à l'âge de dix-huit ans, accusé à tort de viol par une jeune fille, il avait été détenu dans un centre fermé pour mineurs durant deux ou trois semaines, puis mis six mois en liberté conditionnelle, avec bracelet électronique et horaires stricts. Les enregistrements des conversations téléphoniques prouvaient que le rapport sexuel était consenti, mais la police refusait d'enquêter. Il y avait des quotas à remplir dans les affaires de viol. Gallagher était le coupable idéal. Le premier jour du procès, le témoignage accablant de la meilleure amie de l'accusatrice avait conduit à un non-lieu. La prétendue victime espérait toucher des dommages et intérêts. Elle voulait s'acheter une nouvelle Xbox. Elle avait mentionné ses intentions dans un texto envoyé à son amie. On avait alors vu le procureur jeter sa perruque à terre et marmonner : « Petite idiote ! »

« Autre casserole pour Gallagher, poursuivit Berner, le fait qu'à quinze ans, il avait enlevé son casque à un policier. Une blague stupide. Mais qui figure dans son casier judiciaire comme "violences à agent". »

Le printemps est venu, ma belle,
C'est le mois des amants béni.

L'avocat était à la gauche de Fiona, devant le pupitre. En jean et pull à col rond, noirs tous les deux, il lui rappelait un vieux beatnik. Impression seulement corrigée par les lunettes qu'il portait autour du cou.

« Tu sais, quand Cranham a dit à ces gars à quoi ils devaient s'attendre, deux d'entre eux lui ont répondu qu'ils voulaient entrer en détention immédiate. Doux comme des agneaux, tendant le cou pour aller à l'abattoir. Donc Wayne Gallagher a dû y aller avec eux, même s'il aurait préféré passer une semaine de plus avec sa compagne. Elle venait d'avoir leur bébé. Et moi, pour le voir, j'ai dû aller dans ce pourrissoir de l'est de Londres. Thamesmead.» Fiona tourna la page de sa partition. «Je connais, dit-elle. Plutôt mieux que la moyenne.»

Oh! Viens donc sur ce banc de mousse
Pour parler de nos beaux amours...

«Retiens ça, insista Berner. Quatre jeunes types de Londres. Gallagher, Quinn, O'Rourke, Kelly. Des Irlandais de la troisième ou quatrième génération. Accent londonien. Tous passés par le même lycée. Un établissement polyvalent pas trop mal coté. En voyant leurs noms, l'officier de police qui les a interpellés a décidé que c'étaient des voyous. Voilà pourquoi il n'a même pas pris la peine de rattraper les quatre autres. Voilà pourquoi le procureur a requis des violences en réunion. Normalement, c'est réservé aux gangsters. Impeccable. Un joli coup de filet sans se fatiguer.

— Mark, murmura-t-elle. Il faut qu'on s'y mette.

— J'ai presque fini.»

Bien entendu, la bagarre s'était déroulée sous l'œil de deux caméras de surveillance.

«Les angles de vue étaient parfaits. En couleurs, en prime. Il ne manquait pas une goutte de sang. Martin Scorsese n'aurait pas fait mieux.»

Berner avait eu quatre jours pour se familiariser avec l'affaire, passer et repasser le DVD, mémoriser les gestes fulgurants d'une bagarre de huit minutes filmée par deux caméras sous deux angles différents, apprendre par cœur chaque déplacement de son client et des sept autres jeunes gens. Il avait vu le premier contact sur l'immense trottoir, entre un magasin au rideau baissé et une cabine téléphonique, un échange verbal peu amène, une bousculade, quelques rodomontades de jeunes mâles, un groupe informe à la trajectoire hésitante, qui avait fini par descendre sur la chaussée. Une main avait empoigné un avant-bras, une paume s'était abattue sur une épaule. Puis Wayne Gallagher, à l'arrière du groupe, avait levé le bras et, malheureusement pour lui, frappé le premier et recommencé. Mais son poing était trop haut, lui-même trop en retrait, gêné par la cannette de bière dans son autre main. Ses coups ne portaient pas, son adversaire réagissait à peine. Le groupe s'était alors plus ou moins scindé en deux. À ce stade, Gallagher, toujours un peu à l'écart, avait lancé sa cannette. Par en dessous. La cible visée avait essuyé de la main quelques gouttes de bière sur le revers de sa veste. En représailles, l'un des quatre autres s'était avancé pour gifler violemment Gallagher, lui fendant la lèvre et mettant fin à son implication. Sonné, il s'était immobilisé avant de s'éloigner, hors du champ des caméras.

La bagarre avait continué sans lui. O'Rourke, l'un de ses copains, s'en était mêlé, et d'un coup de poing avait projeté à terre l'agresseur de Gallagher. Kelly, un autre copain, avait alors fracturé la mâchoire de l'homme d'un coup de pied. Quelques secondes plus tard, un nouvel agresseur s'écroulait ; cette fois, c'était Quinn qui lui avait donné un coup de pied, lui défonçant la joue. À l'arrivée de la police, l'agresseur de Gallagher s'était relevé et avait couru se cacher dans le studio de sa compagne. Il redoutait d'être arrêté et de perdre son emploi.

Fiona regarda sa montre. « Mark...

— Je termine, My Lady. Le problème, c'est que mon client est resté là à attendre la police. Le visage en sang. Autant victime que coupable, comme on dit. Et à cause des fractures, il s'est retrouvé lui aussi accusé de coups et blessures volontaires. La police a porté plainte contre les quatre copains à des degrés divers. Mais au tribunal, le procureur a requis les violences en réunion, et la condamnation maximale pour coups et blessures volontaires avec circonstances aggravantes, soit cinq à neuf ans de prison. Toujours la même histoire. Mon client n'est pour rien dans ces fractures. Il allait être condamné pour des crimes commis par d'autres et dont il n'était même pas accusé. Il avait plaidé non coupable. Il aurait mieux fait de reconnaître sa participation à une rixe, mais je n'étais pas là pour le conseiller. L'avocat commis d'office aurait dû montrer aux jurés les photos, prises par la police, du visage en sang de Gallagher. En tout cas, le type à la mâchoire fracturée a refusé de déposer en tant que victime. Il est venu en tant que témoin de l'accusation. A prétendu ne pas comprendre le bruit fait autour de cette affaire. A dit au juge ne pas avoir eu besoin de traitement médical, être parti en vacances en Espagne quarante-huit heures après la bagarre. Les deux premiers jours, il buvait sa vodka avec une paille. Fin de l'histoire – je cite. C'est reproduit dans les minutes du procès. »

L'écoutant toujours, Fiona écarta les doigts au-dessus des touches comme pour plaquer un accord, mais ne le joua pas. *Revenons, rapportons des fraises / Des bois !*

« De toute évidence, impossible pour moi de modifier le verdict des jurés. J'ai plaidé pendant une heure un quart, essayant d'isoler Wayne du reste du groupe, d'obtenir une condamnation pour violences volontaires sans circonstances aggravantes. Peine encourue : trois à cinq ans. J'ai aussi rappelé que la justice lui devait six mois de liberté à cause de cette affaire de viol qui s'était soldée par un non-lieu. Dans ce cas, une condamnation avec sursis serait devenue possible, et c'était tout ce que méritait cette bagarre idiote. Les trois avocats commis d'office ont parlé chacun dix minutes pour leurs trois clients. Cranham a résumé l'affaire. Quel fumiste ! D'accord pour supprimer les circonstances aggravantes, mais pas question de lâcher les violences en réunion, et il a complètement oublié de prendre en compte ma requête concernant les six mois dus par la justice à mon client. Il les a condamnés tous les quatre à deux ans et demi. Un fumiste qui persiste dans l'erreur. Mais dans la salle, les parents des trois autres pleuraient de soulagement. Ils s'attendaient à cinq ans au minimum. J'ai sûrement rendu service à tout le monde.

— Ce juge a pris sur lui pour diminuer la peine encourue. Estime-toi heureux.

— Ce n'est pas la question, Fiona.

— On s'y met. Il nous reste moins d'une heure.

— Écoute-moi jusqu'au bout. C'est mon discours de démission. Ces quatre types avaient un emploi. Ce sont des contribuables, bon sang ! Mon client n'a rien fait de mal. Contre toute attente, étant donné ses antécédents familiaux, il aurait pu devenir un père qui s'occupe de ses enfants. Kelly coachait une équipe de foot junior sur son temps libre. O'Rourke consacrait du temps chaque week-end à une association de lutte contre la mucoviscidose. Il ne s'agissait pas d'une agression contre un passant innocent. C'était une bagarre de rien du tout à la sortie d'un pub. »

Fiona leva les yeux de la partition. « Une fracture de la mâchoire ?

— D'accord. Une rixe entre adultes consentants. À quoi bon remplir les prisons de types comme eux ? Gallagher a donné deux coups de poing sans conséquence et lancé une cannette de bière. Deux ans et demi de détention. La mention "coups et blessures volontaires" portée sur son casier judiciaire, pour des délits dont personne ne l'a accusé. Ils l'envoient dans cette unité pour jeunes délinquants, tu sais, dans la prison de Belmarsh. Je suis allé là-bas plusieurs fois. D'après leur site web, il y a un "centre de formation". Foutaise ! J'ai eu des clients enfermés dans leur cellule vingt-trois heures sur vingt-quatre. Chaque semaine, des cours sont annulés. Manque de personnel, disent-ils. Ce Cranham avec son air faussement las, qui se prétend trop irritable pour écouter qui que ce soit. Qu'est-ce qu'il en a à faire, du sort de ces garçons ? Jetés dans des pourrissoirs où ils s'aigrissent, apprennent à devenir de vrais délinquants. Tu sais quelle a été ma plus grave erreur ?

— Non ?

— J'ai tenté de plaider les ravages de la boisson et de l'alcoolisme. Le fait que les violences en découlaient. "Si ces quatre jeunes gens avaient été membres du Bullingdon Club d'Oxford, Votre Honneur, ils ne se seraient jamais retrouvés devant vous." En rentrant chez moi, mû par un horrible pressentiment, j'ai cherché le nom de Cranham dans le *Who's Who*. Tu devines ?

— Mon Dieu, Mark. Tu as besoin de vacances.

— Il faut voir les choses en face, Fiona. C'est la lutte des classes, putain.

— Et à la chambre des affaires familiales, tout n'est que champagne et fraises des bois. »

Sans plus attendre, elle se joua les dix mesures de l'introduction, ces accords doucement insistants. Du coin de l'œil, elle vit Mark mettre ses lunettes. Puis sa belle voix de ténor, obéissant à la nuance *dolce* indiquée par le compositeur, s'éleva mélodieusement.

> *Quand viendra la saison nouvelle,*
> *Quand auront disparu les grands froids...*

Pendant quarante-cinq minutes, ils oublièrent tout du droit.

*

En décembre, le jour du concert, rentrée du palais de justice dès six heures, elle se dépêchait de se doucher et de se changer. Elle entendit Jack dans la cuisine et lui dit bonsoir en regagnant sa chambre. Penché devant le réfrigérateur, il lui répondit par un grognement. Quarante minutes plus tard, elle apparut dans le couloir, vêtue d'une robe de soie noire et chaussée d'escarpins en cuir verni, noirs eux aussi. Ils lui donnaient plus de force sur les pédales du piano. Autour de son cou, un simple collier d'or. Elle portait son parfum Rive gauche. De la chaîne stéréo du salon, qui servait rarement, lui parvenait un air de piano, un vieil album de Keith Jarrett, *Facing You*. Le premier morceau. Elle s'arrêta à la porte de sa chambre pour l'écouter. Voilà longtemps qu'elle n'avait pas entendu cette mélodie hésitante, partiellement inaboutie. Elle avait oublié la manière imperceptible dont elle montait en puissance, prenait soudain vie lorsque la main gauche se lançait dans un boogie-woogie étrangement revisité qui acquérait une force irrésistible, telle une locomotive à vapeur en pleine accélération. Seul un pianiste de formation classique pouvait libérer ses mains l'une de l'autre comme le faisait Jarrett. Tel était, du moins, son jugement partial.

Jack lui envoyait un message, car c'était un album qui, avec trois ou quatre autres, formait la bande-son de leurs premières amours. Cette époque lointaine où, après leurs examens de licence, après la mise en scène exclusivement féminine d'*Antoine et Cléopâtre*, il l'avait convaincue de passer d'abord une nuit, puis des dizaines dans la mansarde à l'œil-de-bœuf orienté à l'est. Où elle avait compris que l'extase sexuelle était plus qu'une hyperbole. Où, pour la première fois depuis l'âge de sept ans, elle avait hurlé de plaisir. Elle s'était sentie précipitée en arrière vers un espace lointain et inhabité, et plus tard, allongés tous deux côte à côte, le drap remonté jusqu'à la taille, telles des stars de cinéma après l'amour, ils riaient encore du bruit qu'elle avait fait. Personne dans l'appartement du dessous, heureusement. Lui, Jack, avec sa décontraction et ses cheveux longs, lui avait dit que c'était le plus beau compliment qu'il avait jamais reçu. Elle avait répondu qu'elle n'imaginait pas pouvoir retrouver la force, dans sa colonne vertébrale, dans ses os, de recommencer. Pas si elle devait en sortir vivante. Mais elle avait recommencé, souvent. Elle était jeune.

À la même époque, lorsqu'ils n'étaient pas au lit ensemble, il avait cru pouvoir la séduire un peu plus encore grâce au jazz. Il l'admirait comme pianiste, mais voulait l'arracher à la tyrannie de la notation musicale et des génies morts depuis longtemps. Il lui avait fait écouter « Round Midnight », de Thelonious Monk, et lui avait acheté la partition. Ce n'était pas difficile à jouer. Mais sa version à elle, lisse et monotone, ressemblait à un morceau sans intérêt de Debussy. Tant mieux, avait déclaré Jack. Les grands maîtres du jazz adoraient Debussy et avaient beaucoup appris de lui. Elle avait réécouté, persévéré, joué ce qu'elle voyait devant elle, mais ce n'était pas du jazz. Pas de pulsation, de sens de la syncope, de liberté ; des doigts qui obéissaient servilement à la mesure indiquée et aux notes sur la portée. Voilà pourquoi elle étudiait le droit, avait-elle expliqué à son amant. Par respect pour les règles.

Elle avait capitulé, mais appris à écouter, et c'était Jarrett qu'elle avait fini par admirer par-dessus tout. Elle avait emmené Jack l'entendre au Colisée à Rome. Cette aisance technique, ce torrent spontané d'invention lyrique aussi généreux que chez Mozart, ils étaient de retour après tant d'années, la scotchant encore sur place, lui rappelant qui Jack et elle avaient été dans leur insouciance. Un choix musical plein de finesse.

Elle longea le couloir et s'arrêta de nouveau à l'entrée du salon. Jack avait bien travaillé. Deux lampes aux ampoules grillées depuis longtemps enfin allumées. Plusieurs bougies dans la pièce. Les rideaux tirés pour échapper à la bruine des soirs d'hiver et, pour la première fois depuis plus d'un an, une belle flambée dans la cheminée, bûches et charbon mélangés. Et Jack debout à côté, une bouteille de champagne à la main. Devant lui, sur une table basse, une assiette avec du jambon de Parme, des olives et du fromage.

Il portait un costume noir, une chemise blanche sans cravate. Il s'approcha, lui mit une flûte de champagne dans la main, la remplit, s'en servit une à son tour. Son expression était grave, lorsqu'ils levèrent leurs verres pour trinquer.

« On n'a pas beaucoup de temps. »

Dans l'esprit de Fiona, cela signifiait qu'ils devaient bientôt partir pour rejoindre Great Hall à pied. C'était de la folie de consommer de l'alcool avant un concert, mais elle s'en moquait. Elle but une deuxième gorgée et le suivit jusqu'à la cheminée. Il lui tendit l'assiette, elle prit un morceau de parmesan, et ils restèrent de part et d'autre des flammes, appuyés au manteau de la cheminée. Comme des sculptures géantes, songea-t-elle.

« Qui sait combien d'années au juste, reprit-il. Pas tant que ça. Ou bien on recommence à vivre, à vivre vraiment, ou bien on jette l'éponge et on accepte d'être malheureux jusqu'à la fin. »

L'un de ses thèmes favoris. *Carpe diem.* Elle leva son verre et déclara solennellement : « À la vie qui reprend. »

Elle surprit son léger changement d'expression. Du soulagement et, au-delà, quelque chose de plus intense.

Il la resservit. « À ce propos, cette robe est fabuleuse. Et toi tu es vraiment superbe.

— Merci. »

Ils se regardèrent droit dans les yeux jusqu'à ce qu'il n'y ait plus rien d'autre à faire que d'aller l'un vers l'autre et de s'embrasser. Et de recommencer. Il avait posé la main au creux de ses reins, mais ne la laissa pas descendre le long de sa cuisse comme autrefois. Il refusait de brûler les étapes, et ce tact la toucha. S'ils n'avaient pas été tenus par une importante obligation musicale et mondaine, elle savait sans l'ombre d'un doute où ce moment d'abandon les aurait conduits. Mais sa partition attendait derrière elle sur le canapé, et leur devoir était de rester habillés. Ils se contentèrent donc de s'étreindre et de s'embrasser encore, puis se séparèrent, reprirent leurs verres, les firent s'entrechoquer doucement et les vidèrent d'un trait.

Il referma hermétiquement la bouteille à l'aide d'un dispositif à ressort très ingénieux qu'elle lui avait offert plusieurs Noëls auparavant. « Pour plus tard », dit-il, et ils éclatèrent de rire.

Ils allèrent chercher leurs manteaux et sortirent. Pour se sentir plus solide sur ses escarpins, elle alla jusqu'à Great Hall au bras de son mari, sous son parapluie qu'il tenait galamment au-dessus de sa tête à elle.

« C'est toi la pianiste. Dans sa robe de soie noire », murmura-t-il.

Le brouhaha des conversations et des rires annonçait une assistance d'environ cent cinquante personnes debout, un verre de vin à la main. Les chaises étaient installées, mais personne ne s'y asseyait encore ; le Fazioli et le pupitre se trouvaient déjà sur la scène. Les membres de Gray's Inn et de l'ordre des avocats, presque toute sa vie sociale et professionnelle rassemblée au même endroit. Depuis plus de trente ans, elle travaillait avec, et contre, ces dizaines d'individus qu'elle voyait à présent. Diverses personnalités éminentes, beaucoup d'entre elles extérieures à Gray's Inn, appartenant à Lincoln's Inn ou au Middle Temple : le président du tribunal de grande instance en personne, plusieurs magistrats de la cour d'appel, deux juges de la Cour suprême, le bâtonnier, des avocats célèbres en grand nombre. Ces gouvernants de la justice, qui pouvaient décider de votre sort et vous priver de votre liberté, avaient un sens de l'humour très développé et une passion pour les potins de la profession. Le bruit était assourdissant. En quelques minutes, Jack et elle s'étaient perdus de vue. Quelqu'un était venu poser à son mari une question ayant trait au latin. Elle se laissa happer par un groupe où l'on échangeait des rumeurs sur un proche excentrique du président de la cour d'appel. Elle avait à peine besoin de se déplacer. Des amis venaient l'embrasser et lui souhaiter bonne chance, d'autres lui serraient la main. Un coup de génie du conseil des avocats de Gray's Inn, que d'autoriser un apéritif avant le concert. Le vin, espéra Fiona, atténuerait peut-être le sens critique du clan de Wigmore Hall.

Lorsqu'un serveur passa près d'elle avec un plateau d'argent, elle se sentait trop euphorique pour refuser. Au moment où elle saisit le verre, Mark Berner apparut dans son champ de vision, à une quinzaine de mètres et une centaine de personnes d'elle, agitant l'index en signe de réprobation. À juste raison, bien sûr. Elle brandit son verre dans sa direction et but une gorgée. Un ami à elle, un pilier du tribunal, l'entraîna pour lui présenter un

« brillant » avocat qui se trouvait être son neveu. Sous le regard fier de l'oncle, elle posa des questions bienveillantes à ce frêle jeune homme au bégaiement affligeant. Alors qu'elle aspirait à trouver plus amusante compagnie, une vieille amie du Middle Temple débarqua, la serra dans ses bras et l'emmena vers un cercle d'avocates débutantes et rebelles qui se plaignirent, quoique avec humour, de ne jamais voir les dossiers intéressants. Ils allaient toujours aux hommes.

Des huissiers passaient à travers la foule pour annoncer que le concert allait commencer. Les gens se dirigèrent à contrecœur vers les chaises. Il fut d'abord difficile d'échanger du bon vin et des potins contre de la musique sérieuse. Mais on emportait les verres et le brouhaha finit par se taire. Tandis qu'elle se dirigeait vers l'escalier de droite qui conduisait à la scène, elle se retourna au contact d'une main sur son épaule. C'était Sherwood Runcie, le juge de l'affaire Martha Longman. En smoking pour une raison quelconque. Cet uniforme donnait aux hommes bedonnants d'un certain âge l'air pathétique d'être pris au piège. Il posa la main sur son avant-bras, désireux de lui communiquer une information intéressante qui n'avait pas filtré dans les journaux. Elle se pencha vers lui pour entendre ses paroles. Déjà le concert l'absorbait, son cœur battait plus vite, et elle eut du mal à se concentrer sur ce que disait Runcie, même si elle pensait avoir compris. Elle demandait au juge de répéter quand elle prit conscience de la présence de Mark devant elle, se retournant avec agacement pour la faire presser. Elle se redressa, remercia Runcie et suivit le ténor vers la scène.

Pendant qu'ils attendaient au pied de l'escalier que leur public s'installe et qu'on les appelle à monter sur scène, Mark lui demanda : « Tout va bien ?

— Ça va. Pourquoi ?

— Tu es toute pâle.

— Ah. »

Machinalement, elle toucha ses cheveux du bout des doigts. De son autre main, elle tenait sa partition. Elle la serra plus fort. Avait-elle l'air un peu partie ? Elle calcula ce qu'elle avait bu. Trois gorgées au plus de ce vin blanc que Mark avait voulu la dissuader d'accepter. Environ deux verres en tout. Tout irait bien. Mark lui indiqua l'escalier, et lorsqu'ils montèrent se mettre près du piano et inclinèrent la tête pour saluer, ils reçurent autant d'applaudissements qu'une équipe sportive jouant à domicile. Il s'agissait après tout de leur cinquième concert de Noël à Great Hall.

En même temps qu'elle s'asseyait, plaçait sa partition devant elle et réglait le tabouret du piano, elle prit une profonde inspiration et expira doucement pour se purger des dernières bribes de conversations récentes, de l'avocat bégayant, des jeunes avocates enjouées malgré l'absence de travail. Et de Runcie. Non. Pas le temps de réfléchir. De la tête, Mark lui fit signe qu'il était prêt ; aussitôt, ses doigts tirèrent de l'instrument colossal les accords au doux balancement, et son esprit sembla leur emboîter le pas. L'attaque du ténor fut parfaite, et en quelques mesures ils partagèrent une tension vers le même but qu'ils avaient rarement atteinte lors des répétitions, ne se concentrant plus simplement sur le souci de bien faire, mais parvenant à se dissoudre sans effort dans la musique. L'idée qu'elle avait bu exactement la quantité de vin qu'il fallait l'effleura. La force tranquille du Fazioli la transportait. Comme si Mark et elle étaient entraînés dans le sens du courant par un flot de notes. Elle trouvait sa voix plus chaleureuse, d'une justesse absolue, débarrassée de ce vibrato atone qu'elle déployait parfois, libre d'aller chercher toute la joie de la musique de Berlioz sur les paroles de la « Villanelle », et plus tard, dans le lamento, tout le chagrin de cette chute brutale : *Ah ! Sans amour s'en aller sur la mer !* Son propre accompagnement s'imposait de lui-même. Tandis que ses doigts couraient sur les touches, elle s'entendait comme si elle était assise au fond de la salle, comme si on lui demandait uniquement d'être là. Ensemble, Mark et elle pénétraient dans l'hyperespace sans horizon, au-delà du temps et de la volonté, de la création musicale. Elle avait à peine conscience que quelque chose attendait son retour, car c'était loin en contrebas, une tache inconnue sur un paysage familier. Peut-être n'y avait-il rien, peut-être n'était-ce pas vrai.

Ils émergèrent comme d'un rêve et se remirent côte à côte pour saluer leur public. Les applaudissements furent assourdissants, mais ils l'étaient toujours. À Great Hall, pour respecter l'esprit de Noël, ils redoublaient souvent pour les interprétations médiocres. Il fallut qu'elle croise le regard de Mark et voie ses yeux briller pour avoir la certitude qu'ils venaient de franchir les limites habituelles de la musique amateur. Ils avaient réellement apporté quelque chose à cette œuvre. S'il se trouvait dans le public une femme que Mark souhaitait impressionner, alors elle avait été courtisée à l'ancienne et ne lui résisterait sans doute pas.

Le silence revint brusquement quand ils se réinstallèrent

pour le Mahler. La longue introduction donnait l'impression d'être improvisée au fur et à mesure par la pianiste. Avec une patience infinie, d'abord deux notes prudentes, répétées, auxquelles une autre s'ajoutait, puis ces trois répétées à leur tour, et c'était seulement à la quatrième que la ligne mélodique s'élevait enfin avec luxuriance et se transformait en l'une des œuvres les plus attachantes que le compositeur ait jamais créées. Fiona ne se sentit pas désagréablement mise à nu. Elle réussit même, ce qui était une seconde nature chez les pianistes de premier plan, à tirer de certaines notes de la moitié supérieure du clavier le son cristallin d'une cloche. À d'autres moments elle croyait pouvoir, grâce à son toucher, convaincre les invités qu'ils entendaient la harpe présente dans la version orchestrale. D'emblée, Mark s'était imprégné de l'esprit de résignation tranquille. Curieusement, il avait insisté pour chanter en anglais plutôt qu'en allemand, liberté accordée aux seuls amateurs. On y gagnait la compréhension immédiate de ce qu'est un homme qui se retire du tumulte. *Je ne suis en réalité déjà plus de ce monde.* Le duo eut conscience de son emprise sur l'auditoire, et son interprétation atteignit de nouvelles hauteurs. Fiona savait également qu'elle se dirigeait, lentement mais sûrement, vers quelque chose de terrible. C'était vrai, ce n'était pas vrai. Elle ne le saurait que lorsque la musique s'interromprait et qu'elle affronterait la vérité.

À nouveau les applaudissements, un salut discret, et, à présent, le rappel. Des pieds martelèrent même le sol, de plus en plus fort. Les interprètes échangèrent un regard. Mark avait les larmes aux yeux. Elle sentit son propre sourire se crisper. Elle se réinstalla sur le tabouret du piano avec un goût métallique dans la bouche, et le public se tut. Durant quelques secondes, elle garda les mains sur les genoux et la tête baissée, se refusant à jeter un coup d'œil à son partenaire. Dans le choix de morceaux qu'ils connaissaient par cœur, ils s'étaient déjà entendus sur « An die Musik », de Schubert. Un vieux succès. Il ne décevait jamais. Elle plaça les mains au-dessus du clavier pour se préparer, et pourtant elle ne levait toujours pas les yeux. Il régnait un silence absolu dans la salle, et enfin elle commença. Le fantôme de Schubert aurait pu bénir l'introduction qu'elle joua, mais les trois notes ascendantes, un accord inachevé dont l'écho plus grave résonna tendrement, puis à nouveau, encore plus bas, avant de se résoudre, étaient d'un autre compositeur. Dans la répétition de ces notes paisibles qui palpitaient à l'arrière-plan, il y avait peut-être un hommage à Berlioz. Qui pouvait savoir ? Même le chant de Mahler, dans sa résignation mélancolique, avait pu influencer inconsciemment Britten pour la musique de « The Salley Gardens ». Fiona n'adressa aucun regard d'excuse à Mark. Elle avait le visage aussi crispé que l'était son sourire auparavant, et ne quittait pas ses mains des yeux. Mark n'eut que quelques secondes pour retomber sur ses pieds, mais il reprit son souffle en souriant, et sa voix était douce, plus encore dans la deuxième strophe.

Dans un pré au bord de l'eau nous étions ma mie et moi,
Sur mon épaule sa main blanche comme neige elle posa.
Telle l'herbe sur la digue, me pria de jouir de l'heure ;
J'étais jeune et sans cervelle, à présent ne suis que pleurs.

Le public de Great Hall se montrait toujours généreux, mais il se levait rarement pour applaudir. Ce genre d'ovation était réservé aux concerts rock, de même que les cris et les sifflets. Il se levait pourtant comme un seul homme à présent, avec un peu d'hésitation tout de même chez certaines figures vénérables du monde juridique. Quelques enthousiastes de la jeune génération crièrent et sifflèrent. Mais Mark Berner fut seul à recevoir ces acclamations, une main posée sur le piano, saluant de la tête et remerciant avec le sourire, tout en regardant avec inquiétude sa pianiste traverser précipitamment la scène, les yeux rivés à ses pieds, descendre l'escalier, se frayer un passage entre les membres du quatuor à cordes qui attendaient leur tour, et filer vers la sortie. L'impression générale fut que l'expérience avait dû se révéler d'une intensité inhabituelle pour elle et, compatissants, les membres de l'ordre des avocats et leurs amis applaudirent d'autant plus fort quand elle passa devant eux.

*

Elle récupéra son manteau et, indifférente au déluge qui s'abattait, regagna l'appartement à pied aussi vite que le lui permettaient ses escarpins. Dans le salon, les deux ou trois bougies qu'ils avaient laissées imprudemment allumées. Encore dans son manteau, les cheveux plaqués sur son crâne par la pluie, l'eau lui ruisselant dans le cou et jusqu'au bas des reins, elle s'efforçait de retrouver le nom d'une femme. Il s'était produit tant de choses depuis la dernière fois qu'elle avait pensé à elle. Elle revit un visage, réentendit une voix, et la mémoire lui revint. Marina Greene. Elle sortit son portable de son sac à main et téléphona. S'excusa d'appeler à une heure pareille. La conversation fut brève, car on entendait des cris d'enfants en bruit de fond, et la jeune femme semblait fatiguée et à bout de nerfs. Oui, elle confirmait. Quatre semaines plus tôt. Elle donna les quelques détails qu'elle connaissait et se déclara étonnée que la juge n'ait pas été prévenue.

Fiona resta plantée là, le regard fixé, sans raison particulière, sur l'assiette de hors-d'œuvre préparée par son mari, et par chance l'esprit vide. La musique qu'elle venait de jouer ne résonnait pas dans sa tête comme c'était le cas d'habitude. Elle avait oublié le concert. S'il était neurologiquement possible de ne pas penser, elle n'avait aucune pensée. Plusieurs minutes passèrent. Impossible de savoir combien. Un bruit la fit se retourner. Le feu agonisait et s'écroulait dans l'âtre. Elle s'en approcha, s'agenouilla et entreprit de le faire repartir, déplaçant des fragments de bois et de charbon, avec ses doigts plutôt que les pinces, pour les disposer sur les dernières braises rougeoyantes ou autour. Après trois coups de soufflet, un éclat de pin s'embrasa et les flammes enveloppèrent deux morceaux de bois sous ses yeux. Elle se rapprocha encore et laissa le spectacle de ces minuscules flammes, leurs mouvements dansants sur la noirceur environnante du charbon, emplir son champ de vision.

Enfin, ses pensées resurgirent sous la forme de deux questions. *Pourquoi ne m'avoir rien dit ? Pourquoi ne pas m'avoir demandé mon aide ?* La réponse arriva, dans sa propre voix telle qu'elle se l'imaginait. *Mais j'ai fait tout cela.* Elle se leva, consciente d'une douleur à la hanche en allant vers sa chambre chercher le poème dans sa table de chevet, où il était depuis six semaines. Son ton mélodramatique, les sous-entendus puritains selon lesquels prendre sa liberté, jeter sa lourde croix dans la rivière, recevoir un baiser chaste seraient d'inspiration satanique l'avaient dissuadée de le relire. Il y avait quelque chose d'humide et froid, ou d'étouffant dans tout cet attirail chrétien : la croix, l'arbre de Judée, les trompettes. Et elle dans le rôle de la belle dame, de la truite aux couleurs chatoyantes, de la traîtresse qui séduisait le poète et l'embrassait. Oui, ce baiser. C'était le remords qui l'avait amenée à s'éloigner.

Elle s'accroupit à nouveau près du feu et posa le poème devant elle sur le tapis de Boukhara. Les empreintes de ses doigts pleins de suie noircissaient le haut de la page. Elle lut directement la dernière strophe : Jésus miraculeusement apparu sur les eaux de la rivière, annonçant que la truite était Satan déguisé, et que le poète devait « en payer le prix ».

C'était le baiser de Judas, qui a trahi le Christ.
Que celui

Elle prit ses lunettes sur la table derrière elle et se pencha pour déchiffrer les mots raturés et entourés. « Couteau » était rayé, ainsi que « payer », « puisse-t-il » et « reproche ». Le mot « lui-même » avait été raturé, rétabli, raturé à nouveau. « Plonge » avait été remplacé par « noie ». « Que celui » était à part, au-dessus de la mêlée, avec seulement une flèche indiquant qu'il remplaçait « Et celui ». Elle s'habituait à sa méthode et à son écriture. Et soudain elle comprit, c'était limpide. Il y avait même une ligne sinueuse qui reliait entre eux les mots retenus. Le Fils de Dieu avait lancé une malédiction.

Que celui qui noie Ma croix de sa propre main périsse.

Lorsqu'elle entendit la porte d'entrée s'ouvrir, elle ne quitta pas le poème des yeux, et ce fut ainsi que Jack l'aperçut en passant devant le salon pour aller dans la cuisine. Il supposa qu'elle s'occupait du feu.

« Ne lésine pas sur le bois et le charbon ! » lança-t-il. Puis, d'un peu plus loin : « Tu as été géniale ! Tout le monde a adoré. C'était tellement émouvant ! »

Quand il revint avec le champagne et deux flûtes propres, elle s'était levée pour enlever son manteau, l'envoyer sur le dossier d'une chaise et retirer ses chaussures. Immobile au centre de la pièce, elle attendit. Il ne remarqua pas sa pâleur en lui donnant l'une des flûtes, qu'elle tendit pour qu'il la serve.

« Tes cheveux. Tu veux que j'aille te chercher une serviette ?

— Ils vont sécher. »

Il déboucha la bouteille, emplit la flûte de Fiona, puis la sienne qu'il posa le temps de s'avancer vers la cheminée, d'y vider le seau à charbon et d'ajouter trois grosses bûches, dressées comme un wigwam. Il alluma la chaîne stéréo et remit Keith Jarrett.

« Pas maintenant, Jack, murmura-t-elle.

— Évidemment. Pas après cette soirée. Ce que je suis bête. »

Elle comprit qu'il souhaitait reprendre au plus vite où ils en étaient restés avant le concert, et fut désolée pour lui. Il faisait de son mieux. Bientôt il voudrait l'embrasser. Il revint vers elle, et dans le silence qui lui avait sifflé aux oreilles sitôt la chaîne éteinte, ils trinquèrent et vidèrent leurs flûtes. Puis ils parlèrent de son interprétation et de celle de Mark, de ses larmes à lui, Jack, des larmes de fierté quand ils s'étaient tous levés à la fin, et de ce que les gens avaient dit ensuite.

« Ça s'est bien passé, reconnut-elle. Je suis si heureuse que ça se soit bien passé. »

Il n'était pas musicien, ses goûts se limitaient strictement au jazz et au blues, mais il fit des remarques pertinentes sur le concert, et se rappelait chaque morceau distinctement. *Les Nuits d'été* étaient une révélation pour lui. Il avait été particulièrement ému par le lamento, avait même compris le français. Quant au Mahler, il faudrait qu'il le réécoute, car il y percevait un énorme réservoir d'émotions, mais qui ne lui avaient pas vraiment parlé à la première écoute. Il se félicita que Mark l'ait chanté en anglais. Tout le monde éprouvait le besoin de se retirer du monde, rares étaient ceux qui osaient le faire. Le visage grave, elle suivait attentivement, en apparence du moins, répondant par monosyllabes et acquiesçant de la tête. Elle se sentait comme une patiente hospitalisée qui guette le départ de son aimable visiteur pour pouvoir recommencer à être malade. Le feu redémarra, et Jack, se rendant compte qu'elle grelottait, la ramena vers la cheminée et leur servit le reste du champagne.

Depuis le temps qu'ils vivaient à Gray's Inn Square, il connaissait les membres du barreau presque aussi bien qu'elle. Il se mit à évoquer les gens qu'il avait croisés ce soir-là. Le quartier formait une petite communauté, ses habitants le fascinaient. La dissection après coup d'une soirée représentait un temps fort de leur vie commune. Il fut facile à Fiona de continuer à marmonner quelques réponses vagues. Jack restait euphorique, enchanté par son interprétation et par ce qui les attendait, croyait-il. Il lui parla d'un avocat pénaliste qui montait avec d'autres une école gratuite. Il leur fallait la traduction latine de leur devise : « Chaque enfant est un génie ». Trois mots au plus, assez courts pour pouvoir être brodés sur un blazer d'uniforme, sous un écusson orné d'un phénix renaissant de ses cendres. Un problème fascinant. Le génie était un concept datant du XVIIIe siècle, et les traductions latines d'« enfant » étaient soit au masculin, soit au féminin. Jack avait proposé : *Cujusque parvuli ingenium* – pas tout à fait aussi fort que « génie », mais « esprit brillant » ou « ingéniosité » conviendraient. *Parvuli* pouvait à la rigueur s'appliquer aux filles également. Puis l'avocat lui avait demandé si cela l'intéresserait de concevoir un cours de latin assez vivant pour des élèves de onze à seize ans et de différents niveaux. Un défi. Irrésistible.

Elle écoutait, impassible. Aucun enfant à elle ne porterait jamais un si merveilleux écusson. Elle se sentit excessivement vulnérable.

« Ça vaudrait la peine », répondit-elle.

Il remarqua sa voix atone et la regarda bizarrement.

«Tu as quelque chose.

— Je vais très bien.»

Alors, fronçant les sourcils au souvenir de la question qu'il avait oublié de lui poser, il dit: «Pourquoi es-tu partie à la fin?»

Elle hésita. «C'était au-dessus de mes forces.

— Quand ils se sont tous levés? Moi J'ai failli fondre en larmes.

— C'est à cause du dernier chant.

— Le Mahler.

— "The Salley Gardens".»

Il prit un air amusé, incrédule. Il l'avait déjà entendue accompagner Mark au moins une dizaine de fois. «Comment ça?»

Sa réaction trahissait aussi une certaine impatience. Il voulait concrétiser la promesse d'une soirée merveilleuse, ressouder leur couple, l'embrasser, ouvrir une deuxième bouteille, coucher avec elle, faire en sorte que tout redevienne facile entre eux. Elle le connaissait bien, elle comprenait ses attentes et fut à nouveau désolée pour lui, mais elle ressentait tout cela de très loin.

«Un souvenir. De l'été dernier.

— Ah bon?» Il semblait à peine curieux d'en savoir plus.

«Un jeune homme m'a joué cet air au violon. Il débutait. C'était dans un hôpital. J'ai chanté les paroles. Je crois qu'on a fait pas mal de bruit. Il voulait qu'on le rejoue, mais je devais partir.»

Jack n'était pas d'humeur à résoudre des énigmes. Il s'efforça de contenir l'agacement dans sa voix. «Redis-moi ça. C'était qui?

— Un jeune homme très étrange et très beau. » Elle restait dans le vague, sa voix à peine audible.

« Et alors ?

— J'ai interrompu l'audience le temps de me rendre à son chevet pour le voir. Tu t'en souviens. Un Témoin de Jéhovah gravement malade, qui refusait d'être transfusé. C'était dans les journaux. »

S'il avait besoin qu'elle lui rafraîchisse la mémoire, c'était parce qu'il avait élu domicile dans la chambre de Melanie à l'époque. Sinon, ils auraient discuté de cette affaire ensemble.

« Je crois m'en souvenir, assura-t-il.

— J'ai autorisé l'hôpital à administrer le traitement et il s'est rétabli. Ce jugement a… il a eu un effet sur lui. »

Ils étaient au même endroit qu'en début de soirée, de part et d'autre de la cheminée d'où émanait à présent une chaleur torride. Elle contempla les flammes. « Je crois… Je crois qu'il s'était attaché à moi. »

Jack posa sa flûte vide. « Continue.

— Quand j'étais en déplacement, il m'a suivie jusqu'à Newcastle. Et je… » Elle ne comptait pas lui révéler ce qui s'était passé là-bas, et soudain elle changea d'avis. Inutile, désormais, de dissimuler quoi que ce soit. « Il a marché sous la pluie pour me retrouver et… j'ai fait quelque chose de tellement stupide. À Leadman Hall. Je ne sais pas ce qui m'a… Je l'ai embrassé. Oui, *embrassé*. »

Il recula d'un pas pour s'éloigner de la chaleur du feu, ou bien d'elle-même. Elle s'en fichait à présent.

Elle poursuivit à voix basse. « C'était un garçon adorable. Il voulait venir vivre avec nous.

— Avec nous ? »

Jack Maye avait grandi au milieu des années soixante-dix et de tous leurs courants de pensée. Il avait enseigné à l'université durant toute sa vie adulte. Il savait qu'il était illogique d'avoir un double système de valeurs, mais le savoir ne l'en protégeait pas. Elle vit la colère déformer son visage, contracter ses maxillaires, durcir son regard.

« Il croyait que je pourrais changer sa vie. Il voulait sans doute faire de moi une sorte de gourou. Il croyait que je pourrais… Il était si sérieux, si curieux de la vie, de tout. Et je n'ai pas…

— Donc tu l'as embrassé, et il voulait vivre avec toi. Qu'es-tu en train d'essayer de me dire ?

— Je l'ai repoussé. » Elle secoua la tête et resta muette quelques instants.

Puis elle le regarda. Il était debout assez loin d'elle, bien campé sur ses deux pieds, les bras croisés, son visage encore beau, avenant, figé par la colère. Une boucle argentée de sa toison dépassait du col ouvert de sa chemise. Elle l'avait parfois vu y donner un coup de peigne. Que le monde soit empli de tels détails, de ces minuscules preuves de la fragilité humaine, menaça de l'anéantir et elle dut détourner les yeux.

Seulement alors qu'elle cessait, ils prirent conscience de la pluie qui avait tambouriné sur les vitres.

Dans le silence revenu, Jack demanda : « Et qu'est-il arrivé ? Où est-il maintenant ? »

Elle répondit d'un ton égal. « Je l'ai appris ce soir de la bouche de Runcie. Il y a quelques semaines, sa leucémie a récidivé et il a été de nouveau hospitalisé. Il a refusé les transfusions qu'on lui proposait. C'était sa décision. Il avait dix-huit ans, personne n'y pouvait rien. Il a refusé, ses poumons se sont remplis de sang et il est mort.

— Donc il est mort au nom de sa foi.» La voix de son mari était glaciale.

Elle le dévisagea sans comprendre. Elle se rendit compte qu'elle ne s'était pas vraiment expliquée, qu'il y avait tant de choses qu'elle lui cachait.

«Je pense que c'était un suicide.»

Durant quelques instants, aucun d'eux ne parla. Ils entendirent des rires, des voix, des pas sur la place. Les invités de la soirée musicale se dispersaient.

Jack toussota discrètement. «Étais-tu amoureuse de lui, Fiona?»

Cette question l'acheva. Elle laissa échapper un son affreux, un hurlement étouffé. «Mais ce n'était qu'un enfant, Jack! Un adolescent. Un garçon charmant!» Et elle fondit enfin en larmes, debout près du feu, les bras ballants, sous les yeux de Jack, choqué de voir sa femme, toujours si maîtresse d'elle-même, au paroxysme du chagrin.

Elle était incapable d'articuler une parole, d'arrêter de sangloter, et ne supportait plus qu'il la voie ainsi. Elle se baissa pour ramasser ses chaussures, se dépêcha de traverser la pièce, pieds nus dans ses collants, et de longer le couloir. Plus elle s'éloignait de lui, plus elle sanglotait. Elle atteignit sa chambre, claqua la porte derrière elle et, sans allumer, s'affala sur le lit et enfouit son visage dans un oreiller.

*

Une demi-heure plus tard, lorsqu'elle se réveilla après avoir gravi en rêve une échelle interminable pour remonter de l'abîme, elle ne se souvenait plus de s'être endormie. Encore ensommeillée, elle était allongée sur le côté, face à la porte. Au bas de celle-ci, un rai de lumière provenant du couloir la rassurait. Contrairement aux scènes qu'elle imaginait. Adam retombant malade, retournant affaibli chez ses parents qui l'aimaient, rencontrant les anciens pleins de sollicitude, revenant à la foi. À moins qu'il ne se soit servi de celle-ci comme d'un alibi parfait pour se détruire. *Que celui qui noie Ma croix de sa propre main périsse.* Dans le clair-obscur elle le revit, comme lors de sa première visite dans l'unité de soins intensifs. Avec son mince visage blême, les cernes violacés sous ses immenses yeux violets. Avec sa langue blanchâtre, ses bras pareils à des piquets, si gravement malade, si déterminé à mourir, si plein de charme et de vie, son lit jonché de pages couvertes de ses poèmes, ses suppliques pour qu'elle reste l'écouter rejouer leur mélodie, alors qu'elle devait regagner la salle d'audience.

Là, avec l'autorité et la dignité conférées par sa fonction, elle lui avait donné, au lieu de la mort, tout ce que la vie et l'avenir avaient à lui offrir. Ainsi qu'une protection contre sa religion. Sans la foi, que le monde avait dû lui paraître grand ouvert, magnifique et terrifiant ! Sur cette pensée, elle replongea dans un sommeil plus profond, réveillée quelques minutes plus tard par les chants et les soupirs des gouttières. Cesserait-il un jour de pleuvoir ? Elle vit la silhouette solitaire, courbée par la violence des rafales, remonter l'allée de Leadman Hall, retrouver son chemin dans l'obscurité, au son des branches qui tombaient. Il avait dû apercevoir de la lumière dans la demeure devant lui et savoir que Fiona était là. Il avait grelotté dans l'appentis, s'interrogeant, attendant l'occasion de lui parler, prenant tous les risques dans sa quête... de quoi, au juste ? De ce qu'il croyait pouvoir obtenir d'une femme dans sa soixantième année, qui n'avait elle-même jamais pris aucun risque, hormis quelques épisodes téméraires à Newcastle dans un passé lointain. Elle aurait dû être flattée. Et prête. Au lieu de quoi, cédant à une pulsion irrésistible et impardonnable, elle l'avait embrassé, puis repoussé. Avant de s'éloigner elle-même. De ne pas répondre à ses lettres. De ne pas décrypter l'avertissement contenu dans son poème. Comme elle avait honte, à présent, de ses craintes mesquines pour sa réputation ! Sa transgression se situait bien au-delà des sanctions d'une commission disciplinaire. Adam était venu jusqu'à elle et elle ne lui avait rien offert pour remplacer la religion, aucune protection, alors que le *Children Act* le rappelait clairement : sa priorité absolue devait être l'intérêt d'Adam. Combien de pages, dans combien de jugements, avait-elle consacrées à ce terme ? L'intérêt d'un enfant, son bien-être, tenait au lien social. Aucun adolescent n'est une île. Elle croyait que ses responsabilités s'arrêtaient aux murs de la salle d'audience. Mais comment auraient-elles pu s'arrêter là ? Il était venu la retrouver, cherchant ce que tout le monde cherche, et que seuls les gens qui croient à la liberté de pensée, et non au surnaturel, peuvent donner. Du sens.

Lorsqu'elle changea de côté, elle sentit contre sa joue l'oreiller humide et froid. Bien réveillée à présent, elle le poussa pour en prendre un autre, et eut la surprise de sentir un corps tiède tout près d'elle, contre son dos. Elle se retourna. Jack était allongé, la tête appuyée sur une main. De l'autre, il écarta les cheveux qu'elle avait dans les yeux. Un geste tendre. Grâce au rai de lumière du couloir, elle distinguait tout juste son visage.

« Je te regardais dormir », dit-il simplement.

Au bout d'un moment, un long moment, elle murmura : « Merci. »

Puis lui demanda s'il l'aimerait toujours, une fois qu'elle lui aurait raconté toute l'histoire. Une question impossible, car il ne savait encore presque rien. Il tenterait sûrement de la convaincre que son sentiment de culpabilité était injustifié.

Il posa la main sur son épaule et l'attira contre lui. « Bien sûr que oui. »

Ils étaient étendus face à face dans la pénombre et, pendant que la grande ville lessivée par la pluie à l'extérieur de leur chambre s'installait dans ses rythmes nocturnes plus paisibles, que leur couple redémarrait tant bien que mal, elle lui confia d'une voix régulière ses remords, la passion que ce garçon attachant avait de la vie, et le rôle qu'elle avait joué dans sa mort.

REMERCIEMENTS

Ce roman n'existerait pas sans sir Alan Ward, désormais juge à la cour d'appel, un magistrat plein de sagesse, d'esprit et d'humanité. Mon intrigue s'inspire de deux affaires sur lesquelles il a statué, l'une au tribunal de grande instance en 1990, l'autre à la cour d'appel en 2000. Pour autant, mes personnages, leurs opinions, leur caractère et leur histoire n'ont rien à voir avec les parties en présence dans ces deux affaires. Je me sens immensément redevable à sir Alan de ses indications sur divers points de procédure, ainsi que sur la vie quotidienne d'un juge au tribunal de grande instance. Je le remercie d'avoir pris le temps de lire un premier jet de ce roman et d'apporter ses commentaires. Toute inexactitude serait entièrement de mon fait.

Je me suis également inspiré d'un jugement de sir James Munby en 2002, remarquablement écrit, et là encore, mes personnages sont entièrement fictifs et ne présentent aucune ressemblance avec les parties concernées.

Toute ma gratitude à Bruce Barker-Benfield, de la Bodleian Library, et à James Wood, du tribunal de Doughty Street, pour leurs conseils. Je me félicite en outre d'avoir lu *Managing Without Blood*, la thèse à la fois exhaustive et nuancée de Richard Daniel, avocat et Témoin de Jéhovah. Une fois

231

encore, je dois beaucoup à Annalena McAfee, Tim Garton Ash et Alex Bowler pour leur relecture attentive et leurs suggestions bienvenues.

IAN McEWAN

Composition : IGS-CP
Achevé d'imprimer
par Normandie Roto Impression s.a.s.
61250 Lonrai, en septembre 2015
Dépôt légal : septembre 2015
Numéro d'imprimeur : 1503756
ISBN 978-2-07-014768-7 / Imprimé en France

276574